Lexique des termes typiquement australiens page 167.

Du même auteur :

Polars australiens :

- Mine de Rien, *BoD, 2019*

- Ça va fuser chez les Abos, *BoD, 2019*

- La seconde mort de Michèle, *BoD, 2019*

Bernie LEE
Éditeur : Books on Demand GmbH
12, 14 rond point des Champs Elysées
PARIS, France
Impression : Books on Demand, GmbH
Worderstedt, Allemagne
ISBN : 9782322133956
Dépôt légal : Février 2019
Tous droits réservés pour tous pays

ON A FAIT LA BOMBE !

Polar Australien

Bernie LEE

Chapitre 1

Sydney, 8 janvier

Le bouillonnement de l'eau arracha Steve à ses mots croisés. Le Commandant venait de mettre machine arrière. Le ferry atteignait Sydney.
Steve replia son journal et releva la tête. Un marin d'une main experte jeta le bout dont la grosse boucle terminale étrangla la bitte d'amarrage. Le bout se tendit. Dévié de son aire, le bateau vint s'accoler au ponton. Léger choc, amorti par les vieux pneus pendants le long du quai flottant, passerelle de bois que l'on glisse, le "Lady Jane" venait d'accoster au wharf n° 6.
Steve se joignit à la foule, balança son jeton dans le cône grillagé et passa le tourniquet. Comme chaque matin entre huit et neuf heures, Circular Quai regorge d'Australiens bronzés. Ils gagnent la cité au rythme de quarante ferries à l'heure, sans compter les hydroglisseurs de Manly, et se mélangent à la foule des banlieusards qui émerge du métro aérien.
Négligeant bus et métro, Steve s'engagea dans Pitt Street, dix minutes de marche n'étaient pas pour lui déplaire. À cette heure matinale, il faisait à peine 26 degrés et le soleil d'été n'était pas encore assez haut pour darder ses rayons jusqu'aux chaussées de la cité protégées par les buildings. À Martin Place, il bifurqua à droite, rejoignit

George Street et s'arrêta quelques instants devant la vitrine exposition du bureau philatélique de la G.P.O. la Poste Principale de Sydney maintenant transformée en une kyrielle de boutiques de luxe et de restaurants chics. À l'angle de la Westpac Bank il tourna à nouveau à droite, puis à gauche dans Clarence Street. Dans le hall du n° 160, il prit l'un des ascenseurs jusqu'au septième étage où se trouvent les bureaux du Conseiller Commercial de France : le Poste d'Expansion Economique.

Le successeur de Lombard n'avait pas l'air bon enfant de ce dernier et ses visiteurs étaient filtrés par son adjoint. Encore un, se dit Steve, qui se prend au sérieux ! Il dut insister pour être reçu, ce qui sembla du plus mauvais goût au jeune énarque qui venait de prendre ses fonctions.
Monsieur le Conseiller n'appréciait pas la requête de son visiteur et n'entendait pas y faire suite : faire parvenir en France, par la valise diplomatique, un paquet dont il ignorait la teneur n'était pas acceptable. Il se refusait à un tel acte.

– Vous permettez ? Sans la moindre gêne, Steve s'empara du téléphone et composa un numéro tout en souriant à son vis-à-vis médusé.

– J'appelle Canberra, expliqua-t-il.

– Allô ! L'Ambassade de France ? Je souhaiterais parler à l'Attaché Culturel s'il vous plaît… Raymond ? C'est Steve. J'ai un paquet très urgent et très confidentiel à faire parvenir impérativement à Paris. Peux-tu demander à l'Ambassadeur de me recommander auprès du Conseiller Commercial de Sydney ? Je suis dans son bureau, je lui passe l'appareil.

– Tenez ! Si vous voulez bien !

Toujours souriant, Steve tendit le combiné. Surpris, agacé et néanmoins soumis, Monsieur le Conseiller prit le téléphone tout en détaillant son vis-à-vis. Cet homme de quarante ans, blond, au regard bleu perçant, l'allure athlétique et la peau bronzée, vêtu d'un pantalon de toile beige et d'un polo blanc Lacoste, dégageait une sorte de magnétisme. Peut-être à cause de ce demi-sourire au coin d'une bouche qui pouvait être cruelle. Une voix résonna dans le téléphone.

– Oui, Monsieur l'Ambassadeur... mais bien entendu Monsieur l'Ambassadeur. Non, non... non bien sûr... Évidemment... Je vous en prie, au revoir, mes respects Monsieur l'Ambassadeur.

Steve n'avait pas attendu la fin de la communication pour s'éclipser du bureau et regagner les ascenseurs en abandonnant sur le bureau de Monsieur le Conseiller ce paquet si précieux.

– Corinne ! Voulez-vous demander à ce Monsieur...
– Trop tard, Monsieur le Conseiller, il est parti.

Dans Market Street, Steve ne ralentit pas en passant devant le numéro 31, ce building neuf qui abrite au vingtième étage les nouveaux locaux du Consulat de France. Son attaché-case maintenant vide, à l'exclusion du "Sydney Morning Herald" dont il n'avait pas terminé les mots croisés, il remonta la rue jusqu'au dernier carré d'immeubles avant Hyde Park. Là, il s'enfonça dans les sous-sols de David-Jones où le Département épicerie fine regorge de produits à concurrencer Fauchon.

Dix minutes plus tard, il en ressortait, son attaché-case dans la main gauche et, sur le bras droit replié en équerre, une grosse poche aux couleurs de David Jones, un imposant "pied de coq" noir et blanc. Il traversait Market Street en direction de Central Point, le carrefour le plus animé de Sydney, lorsqu'il vit sans raison tout tourner autour de lui. Il s'écroula sur le trottoir. La poche de David Jones, ouverte dans la chute, éparpilla un flot de conserves diverses. Une boîte de foie gras "Rougier" roula jusqu'au pied d'un gros pylône du monorail ayant évité par miracle tous les pieds alentour. Elle n'avait pas fini sa course que Steve avait déjà cessé de vivre.

Chapitre 2

Paris, 22 janvier

Au travers des rigoles de pluie qui courent sur la vitre, on aperçoit la façade grise de l'immeuble opposé qui semble danser un ballet surréaliste. Le Général Berthoumieux, surnommé familièrement "Le vieux", paraît contempler le spectacle. Cheveux blancs, costume bleu marine, visage buriné, mains dans les poches, on dirait la statue du Commandeur. Un signal discret annonce l'arrivée d'un visiteur attendu. Le vieux n'a pas bougé, il fixe la fenêtre.

– Entrez, Laurent !

Laurent pénètre dans le bureau, un coup d'œil sur le niveau du cendrier et l'immobilité du patron lui indique que celui-ci doit avoir sa tête des mauvais jours.
Laurent s'assoit dans l'un des trois fauteuils de cuir, seul luxe de la pièce avec ce vieux bureau sans style et sans âge. Trois minutes de silence, longues comme une journée de mitron, un silence de chambre froide. Enfin, le vieux se retourne et vient s'asseoir à son bureau.

– Décidément Laurent, vous aurez toujours aussi mauvais goût pour choisir vos cravates !

C'est pire que je pensais, se dit Laurent qui, connaissant son patron, se calfeutre dans son silence. Alors, vous n'êtes plus en vacances ? Drôles de vacances ! Huit jours de repos, même pas suffisant pour récupérer de la fatigue de la dernière mission. De la provocation pure et simple. Laurent ne répond pas. Vieux salaud, pensa-t-il, si tu crois que je vais réagir à tes provocations ! Il sait que sa placidité a le don d'irriter le vieux. Le Général et lui se connaissent trop bien pour ne pas ignorer les pensées de l'autre. Un sentiment étrange d'estime, de haine, d'amour, de complicité, les relie profondément l'un à l'autre. Laurent attend que son patron lui annonce la couleur. L'Australie ! Je crois me souvenir que vous aviez aimé ? (*lire "Mine de Rien" du même Auteur. NDL*). Bon, eh bien, tant mieux, vous allez y retourner… Vous ne dites rien ?

– Je suppose que vous allez m'expliquer ?

– Le "Rainbow Warrior", vous vous souvenez de cette vieille histoire ?

Qui n'avait pas été au courant ? Un acte de piraterie ! Un bateau de "Green Peace" que la France avait été accusée, à juste titre, d'avoir coulé dans le port d'Auckland en Nouvelle-Zélande. L'esclandre ! Le Ministre avait dû démissionner.

– Et comme tout le monde, vous pensiez qu'une de nos équipes d'incapables avait fait un foutu boulot ? Dans un sens, vous n'aviez pas tort. Mais on sait depuis longtemps que, comme Janus, la vérité a deux visages. Et arrêtez donc de fumer ces foutues blondes, cette odeur m'insupporte.

Décidément, le vieux était dans ses plus mauvais jours.

– C'est la pluie qui vous rend si aimable ?

Le Général fixe Laurent, ouvre la bouche et se ravise. Il se lève et retourne contempler la fenêtre. Deux minutes de silence et il reprend, sans se retourner, le dialogue interrompu.

– Laurent, vous et moi avons depuis trop longtemps rempli des missions pénibles et variées pour pouvoir nous croire blasés. Nous avons perdu certains de nos amis dans des combats sans gloire et des pays étrangers pour une cause que nous croyions juste. Mais, si lourd qu'il fût, le prix à payer ne nous a jamais semblé trop cher pour ce pays que nous aimons.

Le vieux se retourne et regarde Laurent d'un air grave. Ce dernier est surpris par les propos du patron, les grandes tirades dithyrambiques ne sont pas son fort. Laurent est tendu, tous ses sens aux aguets. Le vieux l'a amené où il voulait l'amener.

– Oui Laurent, c'est sérieux, sérieux et grave. Cette fois, le combat est particulier. Il flotte un relent de conspiration et je n'aime pas ça. Nous voici de retour à l'époque du Rainbow Warrior

Le Général retourne à son bureau, ouvre le premier tiroir et sort un dossier d'une enveloppe beige impersonnelle qu'il tend à son vis-à-vis.

– Vous allez lire ce dossier. Je l'ai reçu hier par une voie inhabituelle, c'est une procédure d'urgence. Après quoi, nous reprendrons notre conversation.
Comme Laurent se levait pour s'en saisir, le vieux enchaîna : Non, non, restez ! Lisez-le ici. Il ne doit en aucun cas quitter ce bureau. Prenez votre temps, je me rends à Matignon pour une réunion restreinte. Vous avez deux heures devant vous.

– Alors ?

Laurent sursaute, perdu dans ses pensées. Il n'avait pas remarqué le retour du vieux.

– Alors ?

– Eh bien, je crois comprendre votre mauvaise humeur, mon Général. On dirait sentir comme un relent de cette vieille histoire du Rainbow Warrior.

– Bien, je vous écoute. Rappelez-moi, d'abord votre souvenir du Rainbow Warrior, puis vous me donnerez votre interprétation de ce dossier. Je vous ferai part de la mienne après.

– Sur le vu de certains rapports truqués, laissant croire que le Rainbow Warrior était équipé d'appareils ultra-sophistiqués pour espionner nos essais atomiques de Mururoa au profit des Russes, notre service avait obtenu l'aval du Ministre pour neutraliser ce navire en douceur. Un couple d'agents français sous passeports suisses avait visité la Nouvelle-Zélande, se faisant ostensiblement remarquer sur toute sa randonnée. Une nouvelle version du Petit Poucet. D'un autre côté, quelqu'un avait poussé un photographe free-lance à se trouver sur le bateau lorsque celui-ci a été saboté par nos services. Il en avait perdu la vie Ainsi, l'opération devenait irrémédiablement un acte de piraterie grave mettant la France au banc de l'infamie.

Il y avait eu deux manœuvres simultanées. L'une avalisée par le Gouvernement : la neutralisation en douceur ; l'autre pour transformer une manœuvre limitée en un acte de la plus haute gravité. Cette seconde opération secrète, décidée à saboter la première, avait été télécommandée d'ici à votre insu, le but final étant de nuire au Gouvernement. La préméditation et le souhait de scandale ne faisaient aucun doute quand on voit l'acquisition du Zodiac en Angleterre, qui plus est, chez un agent du M5 anglais et les traces jalonnant le périple en Nouvelle-Zélande de nos agents. Bien sûr, la première déduction logique aurait été d'accuser les Anglais d'avoir voulu nous faire payer l'affaire des exocets aux Maldives. Mais je penche fermement pour l'autre version.

– Pas mal. C'est en effet assez bien vu. Il y a eu indiscutablement des traîtres parmi nous, et le pire, des traîtres qui, au demeurant, se considéraient comme des héros. Et c'est bien là que le bât blesse. Des générations de militaires ont été formées dans la hantise du "péril rouge". Or, voilà les socialistes au pouvoir et qui y entraînent même un temps des communistes. Certains militaires se sont estimés trahis : l'ennemi dans la place ! Les socialistes avaient été élus avec des voix écologistes. En commettant l'irréparable que l'on faisait endosser à nos gouvernants, on coupait ceux-ci de l'électorat des "verts". Avec un peu de chance, on faisait vaciller le pouvoir. En outre, on discréditait le Gouvernement socialiste aux yeux du monde. Inutile de vous dire qu'il valait mieux éviter de se prétendre Français en Nouvelle-Zélande ou en Australie par les temps qui couraient.

Les traîtres n'ont manqué leur but que de très peu. Leur action a coûté cher au pays. D'abord, la mort d'un innocent qu'il a fallu dédommager, payer le renflouement d'un navire, sans compter la perte du peu de prestige qui nous restait dans la zone Pacifique Sud. Je ne vous parle pas de la démission de Charles Hernu qui, bien que socialiste, était très apprécié des militaires.

Aujourd'hui nous retournons un peu dans cette époque, une nouvelle conspiration est en train de naître qui commence par la mort de notre agent qui heureusement a réussi à me faire passer des documents à la barbe des conspirateurs. Vous allez reprendre l'enquête sur le terrain Laurent. Je veux le nom des coupables. Nous ne pouvons admettre des traîtres dans nos rangs. La raison d'être de notre service est de défendre l'État et non de choisir ses dirigeants, il y a le suffrage universel pour cela.

Les socialistes avaient été démocratiquement élus et, que ça plaisait ou non à certains, ils formaient en leur temps le Gouvernement légal de la nation. Aujourd'hui une autre tendance politique légalement élue est en place. Quelle qu'elle soit, elle est pour moi la légitimité. Je n'ai pas d'états d'âme, et je ferai mon devoir. Je crois assez vous connaître, Laurent, pour savoir que vous ferez le vôtre et servirez loyalement votre pays.

Si la fameuse opération Rainbow Warrior était restée une chausse-trappe ponctuelle, nous aurions pu fermer les yeux, ravaler notre déshonneur avec rancœur et tourner la page. Or, le Gouvernement suivant, en rapatriant les coupables, parjurant ainsi la parole donnée par la France, a relancé l'esprit de conjuration. Un nouveau coup se prépare, et celui-là n'aura pas lieu. Et il n'aura pas lieu parce que vous l'en empêcherez. Et vous l'empêcherez seul, car je ne peux me fier à personne dans le service, car la moindre fuite risquerait de causer votre perte.

Ils n'ont pas hésité à liquider Steve Colin, ils n'hésiteront pas à vous descendre. Nous voici de retour au sacré temps de l'O.A.S. Vous allez devoir vous méfier de tout le monde, amis et ennemis. Prenez garde Laurent. J'aimerais vous revoir, et vous revoir vivant.

Chapitre 3

Sydney, 26 janvier

"Levier jaune sur manuel, vérifiez la porte opposée". Obéissant à l'ordre du Commandant de bord, le Steward enlève la goupille, relève la manette de la porte gauche, puis celle de droite. Le 747 de la QANTAS roule ses derniers mètres sur l'aéroport international Kingsford-Smith de Sydney. À l'extérieur, le couloir mobile sur ses hautes échasses à roulettes vient s'ajuster à la porte avant gauche. Il est six heures quarante. Dehors, il fait vingt-six degrés, ciel bleu. La ville sommeille en ce jour de fête nationale.
 Les longues formalités de police et de douane commencent. Dans la foule, Laurent a pris rang. Il redevient maintenant André Verger, artiste peintre en voyage touristique. Les formalités administratives franchies, c'est en taxi qu'il se fait conduire à la plage de Balmoral. Neuf heures, les fanas de planches à voile sillonnent la baie depuis longtemps déjà. Laurent contemple les voiles. Il repère la toile blanche et noire de Maurice qui évolue en compagnie de son ami Louis dont la voile rouge et blanche est, elle aussi caractéristique.
 Neuf heures quarante, Maurice rejoint la plage dans son maillot de néoprène. Il aperçoit Laurent qui,

placidement, fume une "Ransom", assis sur le muret de pierre.

– André ! Il y a longtemps que tu es là ?
– Une heure à peine. J'avais reconnu ta voile.
– Tu as de la chance que j'aie utilisé celle-ci. J'ai trois planches maintenant.

Maurice est un fana de théâtre, mais peut-être plus encore de planche à voile. C'est pour pratiquer ce sport qu'il a vendu sa maison de Pyrmont et acheté un appartement à Mosman, là, dans cet immeuble en brique rouge donnant directement sur la plage.

– Viens, je monte prendre une douche et m'habiller. Tu as déjeuné ? J'ai des croissants français et il me reste du vrai café.

Par la grande baie vitrée du salon, on aperçoit la baie de Balmoral en sa totalité et la zone maritime verdoyante sur le coteau opposé.

– Alors vieux, raconte !
– Rien de neuf, ma prochaine expo est presque prête. Je suis venu m'offrir quelques jours de vacances. Tu vois, j'aime bien ce pays et ma première visite est pour toi.
– Chouette, ça me fait plaisir de te revoir. Comment va la France ?
– So, so, et ici ?
– Ici ? Comme ci, comme ça aussi. Rien de terrible. Toujours les 3 S : Sea, Sun et Sex... Ah si ! Ce putain de Gouvernement s'était mis dans la tête de créer la carte d'identité. Tu parles de rigolos ! Louis a obtenu son poste plein-temps à SBS, la radio ethnique. À part ça, le boulot et la plage. Au fait, j'ai une nouvelle girl-friend, tu ne la connais pas, Tsusuko, une Japonaise. Tu arrives bien, ce soir j'ai invité quelques copains pour une partie, histoire

d'arroser "l'Australian Day". Où es-tu descendu ? Tu as réservé quelque chose ?

– Non, je suis venu directement ici ; je débarque.

– Tu veux ma seconde chambre ? Je t'héberge gratuit si t'y restes quelques jours, disons un mois. Au-delà, je te la loue, 80 dollars par semaine, ça va ?

– Ça me va, mais je te la loue dès maintenant.

– On en reparlera. Tu veux faire une sieste pour récupérer du voyage et du décalage horaire ? Tu ferais peut-être mieux, car ce soir, la soirée risque d'être dure.

Laurent se promène parmi les invités. Graham, prof à l'Université ; Corinne, secrétaire au Poste d'Expansion Economique ; Louis de Radio Ethnique ; Nicole sa femme, secrétaire chez "Ballande-Export" ; Leight, Néo-Zélandaise responsable du Département photo au "Sydney Morning Herald", le grand quotidien de Sydney ; Patrick, jeune metteur en scène de théâtre ; Ryde, antiquaire australien ; Steph, photographe, Franck, son associé ; Sue, la voisine de palier ; Koumi, Japonaise, étudiante en économie ; Marion, artiste peintre ; John, avocat ; Patricia, écologiste ; Élisabeth, son amie ; Marina, serveuse ; Tsusuko, petite Japonaise gracile au regard d'enfant gâtée…

Vingt-deux heures, la soirée bat son plein. Laurent commence à s'ennuyer ferme. Il n'aime pas ces parties à l'australienne où l'on boit et l'on cause, où l'on boit surtout, et encore il sait qu'il n'a pas à se plaindre, les parties de Maurice sont les plus sympathiques grâce au mélange intellectuel Franco Australien d'amis choisis. On a parlé théâtre, cinéma, chansons, politique, sports, surtout rugby et formule I. Prost, ça, c'est un nom connu ici. C'est le Rives de la voiture. Rives, le Français sûrement le plus populaire en Australie. Et puis, il faut dire qu'avec ses cheveux blonds, il était facile à repérer sur un terrain.

– Tiens, à propos de blond, vous savez, le Français qui est mort d'une crise cardiaque, il y a trois semaines dans Market Street ? Il sortait de mon bureau un quart d'heure auparavant, pétant de santé. On est bien peu de chose quand même !

– C'est quoi ce Français mort ?

– Ah ! Oui, c'est vrai, André, tu débarques. C'est un Français mort d'une embolie en plein centre de Sydney, un mec de quarante ans dis donc. En superforme. Personne ne le connaissait dans la communauté française. Mais quand même, quand j'ai appris ça, quel choc. Je venais de le voir juste quelques instants avant sa mort.

– Il travaillait avec toi ?

– Non, il venait de rencontrer le Conseiller Commercial. En fait, il avait un peu forcé sa porte. Le patron n'avait pas l'air très heureux. Je ne sais pas ce qu'ils se sont dit. Toujours est-il que le lendemain, quand on a connu la nouvelle et que je lui ai dit : vous savez, le Français qui est mort dans Market Street ? C'est celui d'hier, le blond ! Il m'a rétorqué : c'est une affaire dont je ne veux plus entendre parler ! Et crois-moi, sur un air qui t'enlève l'envie d'insister.

– Tu ne l'avais jamais rencontré avant ?

– Jamais. À croire qu'il a vécu dix ans en Australie, d'après son passeport, sans avoir jamais croisé un compatriote, à part peut-être Fabienne.

– Qui est Fabienne ?

– Une Rochelaise, la fille de Jean-Claude Louis, le

meilleur chef français de Sydney. Il officie chez "Prunier", tu connais ?

– De nom. Cher, je crois ?

– Tu peux le dire, le restaurant l'un des plus cher de la ville. 100 $ par tête.

– Mazette !

– Comme tu dis.

– Et Fabienne travaille avec lui ?

– Non, elle fait des études de diététique le jour et bosse comme serveuse le soir au "Bleu Pavillon". Pourquoi, elle t'intéresse ?

– Non, du tout. Mais je me demandais si elle n'avait pas eu l'idée d'apprendre les recettes du père. Car un bon chef en Australie, ça gagne bien sa vie, non ?

Laurent s'était installé à une table d'angle d'où il pouvait admirer, de nuit, ferries et bateaux évoluant dans la baie de Sydney.

– Are You ready to order ?

– Tu es Française ? demande Laurent dans cette langue.

– Oui, mais je ne pensais pas avoir un accent prononcé.

– Non, non, j'avoue que j'ai triché, je serai à l'amende d'un pot. J'ai pensé que c'était toi, j'habite chez Maurice et j'ai rencontré Corinne, du Poste d'Expansion, qui m'a dit que la fille du meilleur chef de Sydney bossait ici.

– Ah ! Tu habites chez Maurice. Comment va-t-il ? Ça fait une paye que je ne l'ai pas vu.

– Il va. Toujours pareil : théâtre ordinateur et planche

à voile.
— Il est toujours avec Catherine ?
— Non, il fait dans l'exotique, une jeune Japonaise.
— Tu fais quelque chose après dîner ?
— Rien de spécial. J'arrive de France, en vacances.
— Bon, attends-moi si tu veux, je finis à dix heures, tu iras payer ton pot au « Cross ».
— O.K. ça marche pour moi. Pour la commande, je te fais confiance, tu me choisis quelque chose de léger.

King-Cross se veut un petit Pigalle, mais alors petit. À part les racoleurs devant les boîtes de strip-tease, quelques putes blasées, quelques junkies en hébétude permanente, et des lots de néons, le quartier n'a rien de tellement dévergondé. Dans un des petits cafés de Kellet Street dont la spécialité est d'offrir des bouts de craies de couleur à ses clients pour qu'ils s'essaient à dessiner sur les nappes de papier blanc, Laurent boit un café et Fabienne une orange pressée.
— J'aime bien venir ici, ça ferme tard et ça me détend après le boulot. Si je rentre directement chez moi, je tourne en rond, j'ai du mal à m'endormir.
— Tu habites le quartier ?
— Non, Kiribili, vue imprenable sur la baie : le pied !
Laurent s'efforce de parler de tout et de rien. Fabienne est très sympa et naturelle.
— Corinne disait que tu devais être la seule Française à avoir connu le Français blond qui est mort il y a trois semaines.
— Oh ! Elle t'a dit ça ? Elle exagère, je n'ai pas dit

que je le connaissais, j'ai juste dit que je croyais l'avoir aperçu un jour en compagnie de Belina, la "flat-mate" de Marina. Je ne suis pas bien sûre que ce soit lui, mais si c'est lui, ils se connaissaient bien à voir comment ils se tenaient. Un beau mec. C'est con quand même de clampser comme ça, d'une crise cardiaque à quarante piges. Quand tu penses que mon père a eu deux attaques, qu'il a été opéré du cœur et qu'il tient encore le coup, comme un jeune homme.

– Marina, c'est celle qui était à la partie chez Maurice ?

– Ah ? Elle y était ? C'est une petite blonde, une peau dorée magnifique et des grands yeux couleur de miel.

– Oui, c'est la même.

– C'est une bonne copine, elle passera peut-être d'ailleurs, en principe, si elle ne finit pas trop tard, on se retrouve ici. Tiens ! Qu'est-ce que je disais. Quand on parle du loup !

Laurent termina la soirée en compagnie des deux jeunes filles avec qui il avait sympathisé sans le moindre effort.

– Good Day ! Je suis André, Marina n'est pas là ?

– Non, elle ne rentrera pas avant deux heures.

– Ah ! Tu es sa "flat-mate" sans doute ?

– Oui, je m'appelle Belina. Tu veux l'attendre ici ?

– Ça ne te dérange pas ?

– Non, pas du tout. Nous partageons la location du flat, c'est autant le sien que le mien.

Belina est magnifique, longue, mince, fruit d'un mixage bien dosé : père mi-Ecossais, mi-Espagnol par ses parents ; mère mi-Indienne, mi-Française par les siens. Le mixage en Australie, c'est courant. Laurent lui fait la conversation et un brin de cour, la fille n'a pas l'air sauvage.

– Tu connais Fabienne, la copine de Marina ?

– Oui, bien sûr. Elle passe assez souvent.

– Elle me disait que tu avais connu le Français, le blond qui est mort il y a trois semaines.

– Ah ! Steve ! Oui, il a été mon boy-friend pendant un temps.

– Il paraît qu'il n'avait pas l'air d'un gars au cœur fragile.

– À qui tu le dis ! Au lit, un véritable ouragan, j'ai rarement rencontré des garçons aussi énergiques.

– Tu crois que c'est ça qui l'a tué ?

– Qui sait !

– Si c'est ça, tu serais un peu responsable, mais je comprends son point de vue, ça valait le coup de prendre des risques.

– Pourquoi ? Tu me trouves sexy ?

– Tu plaisantes ou quoi ? Tu réanimerais un régiment d'impuissants.

Belinda, à genoux, qui changeait un disque, regarde Laurent dans les yeux, peut-être pour sonder la véracité de ses dires. Elle se lève et le prend par la main.

– Viens, ma chambre est par là.

Surpris, Laurent suit. Belina ferme la porte et noue ses bras autour du cou de Laurent. Sa langue fouille sa bouche, son corps se colle à lui, s'insinue, se frotte, ondule. Le pubis plaqué contre Laurent, elle sent le sexe qui enfle, elle ondule davantage, semble se fondre en lui. Sans lâcher sa bouche, elle descend une main sur le sexe qu'elle palpe à travers le pantalon de lin écru. Elle défait la fermeture éclair et glisse sa main dans le slip. Sa main est douce et tiède, elle enserre le membre et le comprime par saccades. Sa petite poitrine s'incruste davantage dans le torse de Laurent. Elle sort le sexe enflé et, d'une main experte, dégrafe sa jupe puis, remettant son bras autour du cou de Laurent, elle se hisse sur son tronc, les jambes croisées autour de sa taille. Son sexe est maintenant à la verticale du sien, un slip mince et humide les sépare. Laurent l'écarte d'un doigt et c'est elle qui vient s'empaler sur lui. Agrippée à son cou, s'aidant de ses jambes croisées, elle dirige ce mouvement de va-et-vient, et Laurent, toujours debout, subit son assaut déchaîné. Sa bouche n'a pas quitté la sienne. Elle accélère le mouvement et soudain se cabre, immobile, Laurent sait qu'elle vient de jouir et sent son sexe qui continue de presser le sien par saccades, comme elle le faisait plus tôt avec la main.

Chapitre 4

Sydney 30 janvier

– Josué ?
– ... Oui ?
– André, ... André Verger.
– Salut vieux, quelle surprise ! Tu es de retour en Australie ?
– J'arrive.
– Je suis vraiment content, tu viendras me voir ? Où es-tu ?
– Sydney. Aurais-tu la possibilité de prendre des vacances ?
– Tu veux dire qu'on pourrait encore bosser ensemble ?
– Si ça te dit.
– Tu parles si ça me dit ! Où se retrouve-t-on ?
– Sydney, demain soir. Si tu es d'accord, il y aura un billet payé à ton nom à ANSET. Je t'attendrai à l'arrivée du vol de 19 heures 40 Townsville-Brisbane-Sydney.
– J'y serai. Salut mec.

– Salut vieux, tu n'as pas changé.
– Toi non plus. As-tu revu les copines ?
– Non, mais peut-être pourrait-on maintenant que tu es là ?
– Non, ça risque d'être du sérieux.
– Ah bon ! Eh bien, ça ne va pas être des vacances que je regretterai.

Le vieil Espagnol, ancien légionnaire, et qui avait partagé la précédente mission de Laurent (*Lire "Mine de Rien" du même Auteur, NDL.*), était toujours aussi flegmatique. C'est vrai qu'il n'avait pas changé. Laurent lui explique franchement la situation, lui faisant un résumé complet de ses premiers contacts.

– Je dois t'avouer que, vu la situation, je ne peux te recruter officiellement. En fin de mission, si tout se passe bien, je te ferai obtenir une prime forfaitaire de...

– Laisse tomber. On verra ça plus tard. Pour l'instant, je suis trop content de pouvoir revivre un peu à notre rythme. Comment vois-tu le travail ?

– Dans un premier temps, on va focaliser sur ce type des charbonnages dont Belina m'a parlé.

– Tu vois ça comment ?

– Il a un bureau dans un vieil immeuble de George Street, une secrétaire et un télex. Rien à foutre. Son boulot consiste à passer des contrats d'achat de charbon. Passe sa vie à jouer au tennis. Bonne couverture pour un agent. Je vais aller foutre un coup de pied dans la ruche. Nous ne sommes que deux. Il va falloir "fixer" sa ligne téléphonique. Toi, tu restes à l'écoute et moi j'assure la filature

– Non !

– Comment non ?

– Si je comprends bien, tu vas le voir et tu attaques

bille en tête pour le pousser à réagir.

— Exact.

— Donc, il te connaîtra. Il vaut mieux qu'il soit pris en filoche par quelqu'un qu'il n'aura pas encore vu, moins facile à repérer.

— Autrement dit, tu veux me refiler les écouteurs ?

— Non. Je pense que ça, ça pourrait être fait par quelqu'un d'autre, c'est sans risque et ponctuel. On ne sera pas trop de deux à assurer la filature. S'il fait une première rencontre, rien ne dit que ce soit la bonne, il faudra continuer la filoche tout en assurant aussi celle du contact.

— Pas con, mais qui vois-tu pour les écoutes ?

— Jane, si elle est disponible pour un ou deux jours.

— Non.

— Quoi non ? Tu vois mieux ? À ce que je sache, nous ne sommes que deux.

— Bon. Va te renseigner pour Jane. Je vais voir comment je peux goupiller la mise sur écoute.

Avec Jane, ça avait été les effusions. Heureuse de retrouver ses deux copains. Toujours à l'Université, en dernière année.

— Bon, j'ai bien travaillé cette nuit. Le bureau d'Apex est contigu à deux autres bureaux à l'étage : un office de secrétariat service et un bureau de grossiste pour boutiques de souvenirs. C'est un vieil immeuble avec toilettes communes sur chaque palier. C'est dans ces dernières que passe la gaine des téléphones. On ne pourra pas organiser les écoutes dans les sous-sols, il faudra utiliser provisoirement les toilettes de l'étage et s'y installer. J'ai mis un écriteau sur la porte "Fermé temporairement pour travaux, utiliser les autres étages". Jane, tu bloqueras bien la porte de l'intérieur et tu enregistreras tout. Moi, je fonce voir le mec et Josué attend à l'extérieur au Mac Donald d'à côté.

C'est ainsi qu'à onze heures, Laurent se présente au bureau de l'Apex. Dans une première partie de la pièce, une cloison de bois à hauteur de ceinture délimite un coin accueil. Il y a là trois chaises et une table basse sur laquelle traînent quelques revues économiques. Dans la partie bureau, une secrétaire est occupée à photocopier des documents et un homme d'une trentaine d'années feuillette un classeur.

– Bonjour, pourrais-je parler à Monsieur Michel Denastre ?

La secrétaire s'avance vers Laurent.

– Vous avez rendez-vous ? Qui dois-je annoncer ?

– Non, je suis de passage, c'est personnel.

La conversation, d'un niveau phonique normal, n'a pu échapper à l'intéressé compte tenu de la dimension de la pièce. Ce dernier s'avance vers Laurent.

– Bonjour, je suis Michel Denastre, vous êtes français, vous souhaitiez me rencontrer ?

– Oui, mon nom ne vous dira rien. Je n'appartiens pas à l'Apex. Un ami commun, Steve, m'avait remis une enveloppe à n'ouvrir qu'en cas d'accident. Bien que la démarche m'ait paru bizarre, j'ai accédé à son désir. Or, hier, au retour de mes vacances, j'ai appris sa mort brutale. J'ai donc ouvert sa lettre qui ne contenait que le message suivant : "Prière de contacter Monsieur Michel Denastre, Directeur de l'Apex et de lui remettre la lettre jointe".

Laurent tend une enveloppe close à ce dernier qui

l'ouvre machinalement tout en regardant Laurent d'un air surpris. Muet, il prend connaissance du message que Laurent a rédigé la veille. "En cas de décès, prière de contacter le Général Berthoumieux du S.D.E.C. et lui signaler que l'agent dormant HR 23 de Sydney possède un rapport que je lui ai remis concernant mes soupçons sur une opération parallèle de la plus haute gravité. Récupérer ce rapport d'urgence, mon décès viendrait confirmer mes soupçons. La démarche auprès du S.D.E.C. doit être faite au plus haut niveau et dans la plus grande discrétion car elle met en cause une personnalité française de Sydney." Estimant que le Directeur de l'Apex devait avoir terminé sa lecture, Laurent déclare : "Bon, j'ai rempli la mission dont j'étais chargé, au revoir Messieurs, dames". Et, sans attendre de réaction, Laurent quitte les locaux. Dès sa sortie, il s'engouffre dans le Mac Donald où Josué attend à une table d'angle, près de la fenêtre d'où il visionne l'entrée de l'immeuble de l'Apex.

– Alors ?

– Rien ! J'ai remis la lettre, le gars n'a pas eu le temps de moufter, je suis parti avant.

Midi, une heure d'attente longue et crispante, et rien n'a bougé.

– Et s'il avait téléphoné à quelqu'un de venir le voir ?

– Merde ! Et Jane qui ne pourrait nous prévenir du coup de fil ! Monte la voir, cogne à la porte des toilettes et glisse ton nom sous la porte.

Deux minutes après, Josué redescend.

– Rien, cinq tentatives d'appel depuis ton passage, mais il semble que le numéro ne réponde pas. Bon Dieu ! Et s'il avait utilisé le Fax ?

– Merde, ça serait la tuile, mais…

Laurent s'interrompt net. Le Directeur apparaît sur le pas de la porte et s'engage à gauche, en direction du carrefour proche.

– O.K., on suit, toi en tête.

À ce moment, Jane sort à son tour. Laurent la rejoint.

– Il a essayé cinq fois sans succès d'avoir un numéro, ça ne répondait pas. Il vient juste de l'obtenir. Il s'agit d'un dénommé Legall avec qui il a pris rendez-vous à midi dix au restaurant tournant de Centre-Point. Si vous perdez la piste, vous savez où le retrouver.

– O.K., tu es formidable. Tu démontes tout et tu rentres chez toi. On t'y retrouvera ce soir. Merci pour tout.
Laurent s'engage sur la piste de Josué qui ne lâche pas sa proie et traverse derrière elle le carrefour.

Le restaurant tournant de Centre-Point est situé au sommet de la tour qui ressemble à un champignon haut sur queue. La tête en est le restaurant tournant qui attire les touristes ; la queue, cette énorme buse tendue par des câbles d'acier où circulent à grande vitesse deux ascenseurs spacieux.

Le Directeur de l'Apex a rejoint son contact. En week-end, les clients forment une longue file d'attente à l'entrée du restaurant où un maître d'hôtel vient les chercher en fonction des places disponibles. Par chance, en ce jour de semaine et dès midi, il reste quelques tables vides. Hélas, aucune voisine des deux Français. Josué, attablé au plus près, essaie de récolter quelques bribes de conversations, facilité en cela par le fait que les deux hommes s'expriment dans leur langue maternelle au mieux des conversations anglaises. Laurent, quant à lui, après s'être restauré d'une part de pizza achetée à l'un des nombreux stands "take away" du sous-sol, s'est assis sur une banquette du second niveau d'où il a une excellente vue sur le palier des ascenseurs.

Douze heures cinquante, l'ascenseur rejette à ce voyage une quinzaine de personnes parmi lesquelles les deux hommes qui l'intéressent et Josué. Après avoir conversé ensemble jusqu'au Mall de Pitt Street, le Directeur de l'Apex s'éloigne en direction de son bureau, suivi de Josué. Laurent emboîte le pas à son contact. L'un suivant l'autre, ils atterrissent dans Castlereagh Street où l'homme s'engouffre dans les locaux de la B.N.P., la plus vieille banque étrangère implantée en Australie. Laurent pénètre à son tour dans la banque et s'adresse à l'hôtesse.

– Excusez-moi, le Monsieur qui vient d'entrer, n'est-ce pas Monsieur Boisard de la COPRACO ?

– Non, non, vous faites erreur, il s'agit d'un de nos Directeurs, Monsieur Legall, chargé du contrôle des prêts aux entreprises.

– Ah ! Excusez-moi, j'avais cru reconnaître un ami.

Devant trois "Swan Light", cette délicieuse bière légère du Western Australia, Jane, Josué et Laurent fêtent leurs retrouvailles. La maison de Paddigton n'a pas changé, seul élément nouveau, Jane partage sa vie avec un géologue actuellement en mission dans le Queensland.

– Et maintenant, que fait-on ?

– Comment, que fait-on ? J'ai accepté l'idée de Josué que tu nous aides pour une opération ponctuelle, mais il n'est pas question que ça aille plus loin.

– Ah bon ? et pourquoi ? Je suis trop conne ?
– Tu sais bien que nous t'aimons beaucoup et que nous ne mettons pas en doute tes qualités intellectuelles, mais tu devrais te souvenir que, pour avoir voulu jouer avec les grands, tu as manqué y laisser la peau.

Au souvenir de cet épisode où elle avait dû la vie à Laurent, ou à celui de cet acte d'amour fou qui s'ensuivit, elle baisse la tête. Peut-être rougit-elle, mais cela ne se vit pas sur son visage bronzé de métisse.

– Jane, je n'ai vraiment pas envie de perdre le peu d'amis que j'ai. Tu sais, ça risque d'être dur et le pire, c'est que je vais être entouré d'ennemis sans savoir qui ils sont.
– Mais peut-être pourrais-je vous aider pour des petits services pas risqués du tout ?

Les deux hommes éclatèrent de rire devant son petit air quémandeur de gamine frustrée.

– O.K., O.K., on verra si on peut te réserver un rôle de figuration intelligente. Bon, pour l'instant, nous savons qu'au lieu d'alerter Paris comme il aurait dû le faire s'il était clair, le Directeur de l'Apex a pris contact avec un cadre de la B.N.P. Hiérarchiquement, celui-ci doit le coiffer.
– Tu ne connais pas tout le réseau ?
– Je ne connais personne. Et, qui plus est, le réseau, comme tu dis, ne doit pas se constituer de plus de quatre ou cinq gars. Et qui est fidèle ? Qui ne l'est pas ? Et y a-t-il recrutement de comparses ? ... On nage en pleine purée.
– Enfin, c'est quoi ce micmac ?
– Évidemment, pour toi Australienne, pays où les agents de sécurité se recrutent par petites annonces comme pour n'importe quelle offre d'emploi, et où il ne viendrait pas à l'idée d'un agent de faire de la politique, ça te paraît farfelu ?

– Mais enfin, comment ça s'est déclaré ton affaire ?

– Laurent dut lui expliquer l'opération de torpillage de la mission du Rainbow Warrior, le fait qu'un autre coup, mais quel coup ? se préparait en Australie, qu'un agent, Steve, avait réuni des preuves là-dessus, et qu'il s'était fait descendre.

– Mais pourquoi ? Il n'y a actuellement aucune opération Greenpeace dans l'air.

– Mais je ne t'ai jamais dit qu'il s'agissait de Greenpeace, c'est ça le pire, on sait que des gars préparent un mauvais coup contre la France, mais on ne sait pas comment, ni où, ni pourquoi.

– Dis donc André, elle a raison, ton patron devrait savoir s'il y a une opération prévue dans la région.

– Justement non, il n'y a rien, officiellement l'Australie est considérée terrain mort.

– Alors quoi ?

– Alors, ça ne pourrait être qu'une provocation, ou une action quelconque envisagée par l'Australie et sur laquelle on pourrait effectuer un sabotage en laissant des indices pouvant incriminer la France.

– Mais ce serait complètement idiot.

– Mais bien sûr.

– Comment pouvez-vous vous y retrouver dans ce pot au noir ?

– Eh bien, tu vois, on ne s'y retrouve pas justement.

– À ton avis André, on peut éliminer toute idée d'intervention française en Australie, en Nouvelle-Zélande, en Papouasie, à Vanuatu, à Fidji ?

– Oui.

– Et si ça avait un rapport avec Nouméa ?

– Comment avec Nouméa ?

– Par exemple, il y a à Sydney une représentation FLNKS en exil. Et s'il s'agissait d'un attentat contre eux qui ont l'oreille des Australiens ?

– ... Oui, ça pourrait être une excuse pour faire accuser la France.

– ... Ça me paraît grossier.

– À moi aussi. Que vois-tu d'autre ?

– ... Rien... actuellement rien,

– Y a-t-il des mouvements de contestation chez les aborigènes ?

– Oui, Bob Hawke, le Premier ministre, avait d'ailleurs déclaré qu'il envisageait de signer un traité de paix avec les aborigènes, ce qui n'a jamais été fait à ce jour.

– Et s'il s'agissait de mettre le bordel là-dedans et d'en faire accuser la France ?

– Mais enfin, que viendrait faire la France chez nous ?

– Mais rien Jane. Le problème n'est pas ce qu'elle pourrait y faire, mais s'il peut s'y faire quelque chose dont on puisse l'accuser.

– C'est complètement con votre histoire, faire le bordel ici pour déstabiliser votre gouvernement ?

– Ne juge pas avec ta raison. Les gens en cause ne sont pas raisonnables. Ce sont des aigris qui veulent nuire au gouvernement sans réaliser qu'ils nuiront surtout au pays.

– Bon, et si on agissait au lieu de discourir ?

– Tu as raison Josué, il sera toujours temps de rechercher les raisons plus tard. Pour l'instant, secouons la termitière. Tout d'abord, nous avons affolé le gars d'Apex. Ensuite, nous avons repéré son officier traitant, mais qu'a fait celui-là ? Et puis, peut-être vont-ils essayer, par la voie normale, de se renseigner auprès de Paris pour situer cet agent dormant que tu leur as dit posséder un dossier. Et bien sûr, cet agent n'existe pas ?

– Bien sûr que non.

– Donc, il faut agir avant la réponse, dans l'hypothèse où ils ont posé la question.

– Oui.

– Votre gars de la banque, je pourrais aller le voir pour solliciter un emprunt pour créer une entreprise ?

– Non Jane. Aucun intérêt, à part le fait qu'il te connaîtrait.

– Par contre, moi, je pourrais bien être l'agent X que ces gars seraient bien heureux de rencontrer.

– C'est ça, tu vas aller les trouver, bonjour Messieurs, je suis Josué, agent HR 23. Je crois que vous seriez heureux de me rencontrer ?

– Ne déconne pas, il y a peut-être moyen de monter un traquenard où je ferais la chèvre. Il suffit de trouver une façon logique de les faire normalement brancher sur moi... Ton boss ne pourrait-il pas, depuis Paris, envoyer un message au responsable australien pour lui demander de réveiller l'agent dormant HR 23, avec ses coordonnées ?

– Mais, comment donc ? Tu crois que ça se passe comme ça ? Le boss ne connaît pas tous les fantassins, il faudrait qu'il fasse descendre l'ordre par la voie hiérarchique. D'où alerte pour les conspirateurs de Paris. Pourquoi réveiller un agent en Australie ? Et quel est cet agent que le responsable du service du personnel ne connaîtrait pas ?

– Hé merde !

– Hé oui.

– Et si... non, c'est con.

– Dis toujours.

– Et si j'allais voir le Consul en disant que je souhaiterais rejoindre les agents français en Australie ?

– Pour être con, c'est con. Tu sais bien qu'il n'a aucun rapport avec le SR, et ce n'est pas son boulot. À la limite, il te dirait d'écrire à Paris.

– Et si…

– Attends ! Ce n'est pas si con ton truc. Mais pas comme ça. Tu pourrais peut-être lâcher des infos, comment se fait-il que tu possèdes un dossier et que personne ne te contacte ? Il faudrait trouver la personne adéquate à qui lâcher ça, et le moment opportun. Je ne pense pas que le Consul soit la bonne personne. Il faudrait que tu lâches ça à un agent de base qui, lui, fidèle ou non, le répercutera automatiquement sur son traitant direct, car il n'aura pas d'autres contacts. Et comme il y a une torpille parmi le groupe, si ce n'est pas son traitant, ce sera le traitant du traitant.

– Oui, ça pourrait marcher. Je vais réclamer au vieux les coordonnées d'un agent de base.

– Tu veux téléphoner d'ici ? Il est vingt et une heures, ça fait onze heures du matin en France.

– Non, pas question, je vais à la poste centrale, j'ai un moyen de faire passer le message au vieux. Par contre, je vais demander qu'on me téléphone la réponse ici.

Le lendemain soir, ils avaient les coordonnées demandées : Léon Lopez, chef d'Escale UTA. Après quelques coups de fil aux uns et aux autres pour savoir si quelqu'un connaissait quelqu'un à UTA, et après trois adresses d'hôtesses, on finit par leur citer Lopez, un copain de Françoise, prof de Français à l'Alliance Française. Il suffisait d'aller à l'Alliance, sympathiser avec Françoise et

s'inquiéter de savoir comment on pouvait faire quand on voulait envoyer un colis précieux à Nouméa et être sûr qu'il parte bien et ne s'égare pas en route.
Évidemment, elle avait conseillé de rencontrer Lopez de sa part. C'est ainsi que, le lendemain, Josué se présentait à l'escale UTA.

– C'est Françoise qui m'a conseillé de m'adresser à vous. J'ai un paquet à adresser à Nouméa, ce sont des cassettes, mais très importantes, c'est tout un travail de thèse et il ne faudrait pas qu'elles se perdent. Si je vous les confie, bien entendu, il ne s'agit pas d'un passe-droit, j'acquitte les frais de port, mais pourriez-vous les remettre vous-même à l'équipage auprès duquel quelqu'un les récupérerait à l'arrivée ?

– Ça pouvait se faire. Exceptionnellement. Et parce que c'était de la part de Françoise. Et comme il était treize heures, et que Lopez finissait son service, il ne put refuser, en remerciements, la tournée de Pastis au bar salon du premier étage.

– C'est quand même formidable de se sentir libéré d'un poids.

– Oh ! Ce n'est pas grand-chose.

– Oui, mais tu sais, je n'aime pas me sentir inquiet, et puis, quand j'ai une mission à accomplir, j'aime bien la réaliser, ma femme me disait toujours que mon bon cœur me perdrait, toujours à rendre service à Pierre, à Paul. Je m'engage dans des trucs pas possibles. Ça, c'est parce que je devais aller à Nouméa il y a huit jours, alors j'ai promis à la fille d'un copain de lui porter ses cassettes d'études. Et puis, mon voyage a été annulé. J'avoue que, sans toi, je ne savais pas comment faire. Je te les porterai donc demain vers midi, une bonne chose de faite. Si je pouvais me débarrasser de l'autre paquet. Tu as un autre paquet à envoyer ?

– Non, tiens, on reprend la même chose ? Non, ça, c'est un copain qui m'a confié un dossier et, manque de pot, il est mort d'une crise cardiaque il y a trois semaines. Tu n'en as pas entendu parler ? Steve, un Français mort d'une crise cardiaque en plein Sydney, à quarante ans, dis donc ! Et maintenant, j'ai ce paquet sur les bras ! Et le pire, attends… ça va, personne n'écoute. Je peux te dire ça à toi qui es un compatriote, le pire, c'est que je crois qu'il devait être un peu barbouze. Si ça se trouve, ce sont des documents secrets, dis donc.

– Tu n'as pas regardé ?

– Tu es dingue, ce n'est pas le genre de truc où je veux être mêlé, mais j'espère bien que quelqu'un le récupérera. Bon, allez, je vais être en retard. Alors, entendu, à demain, puisque tu finis à treize heures, je viendrai à moins le quart, comme ça, on pourra reprendre l'apéro ensemble. Allez, à demain.

Le lendemain, à douze heures quarante-cinq, Josué se présente à nouveau à l'escale UTA.

– Ah Léon ! Salut, ça va ? Bon, j'ai du nouveau, comme la petite trouvait le temps long, elle a cherché de son côté et elle a trouvé quelqu'un qui partait ce matin par la QANTAS. Ça y est, les cassettes sont parties. Je t'aurais bien téléphoné, mais tu avais été tellement sympa que j'ai tenu à venir quand même pour te payer le pastis.

– Oh ! Il ne fallait pas te déranger, ce n'est pas grave, l'important, c'est que ton histoire ait pu s'arranger, surtout pour la gosse.

– Ben, tu parles ! Des documents pour une thèse, les

études, c'est du sérieux. Par contre, je n'ai pas trop de temps aujourd'hui, alors je me suis dit, au lieu de lui payer un pot au bar, tiens, je t'ai apporté une bouteille.

– Tu rigoles, une bouteille ! Mais, ça vaut au moins trente dollars, pour un service que je ne t'ai même pas rendu.

– Si, si, j'y tiens, t'es vraiment sympa. Rendu ou pas, il n'y a que l'intention qui compte, mais je te retéléphonerai un de ces jours pour qu'on trinque une autre fois ensemble.

– Non, il ne fallait pas, vraiment.

– Ça me fait plaisir, alors excuse-moi de me sauver vieux, ça sera pour la prochaine, promis ?

– Promis ! Et… encore merci.

Josué regagne lentement le parking où il a rangé sa voiture de location, une vieille Holden orange. Lentement, il s'installe au volant, boucle sa ceinture et s'engage vers les files de sortie. Garé près des postes de péage, Laurent surveille les gens qui sont sortis de l'aéroport dans sa foulée. Lorsque la voiture de Josué passe, Laurent cherche sa monnaie et sort en cinquième ou sixième position derrière lui. Josué prend direction Botany, puis, comme s'il s'était trompé de direction, reprend la bretelle de droite qui le ramène devant l'aéroport en faisant le tour extérieur du parking pour, après avoir effectué une grande boucle, se retrouver au niveau du poste de péage et prendre alors la direction de Princess Highway. Ce circuit, préalablement mis au point, a permis à Laurent de repérer une petite Laser blanche qui a suivi le même trajet. Au passage, il reconnaît une blonde sortie de l'aéroport, dans le sillage de Josué. Les uns suivant les autres, les voitures regagnent Sydney. À Newton, Josué tourne pour rejoindre Abercrombie Street et se gare derrière l'Université, là où le stationnement n'est pas limité. Josué gagne alors le n° 374 où il pénètre dans la maison louée la veille, deux portes avant le Pub du carrefour. La Laser blanche arrêtée peu avant reprend sa route dès que Josué a pénétré dans l'immeuble. Elle continue sur trois cents mètres dans Abercrombie Street jusqu'aux commerces du carrefour de la gare, la conductrice s'arrête et s'engouffre dans une cabine téléphonique. La conversation a été très brève. Sans doute a-t-elle seulement donné l'adresse ? Puis, la blonde regagne sa voiture et, tranquillement, rejoint Quarry Street pour pénétrer dans une agence de voyages. Laurent ne la voyant pas ressortir au bout de vingt minutes entre à son tour dans l'agence ABBA. Il aurait pu attendre un moment. La blonde est assise à un bureau et s'enquiert de ses désirs avec un magnifique sourire commercial.

– Vous étiez déjà là, la dernière fois que je suis venu ?

– Ça m'étonnerait que vous me confondiez avec mon collègue, il est belge, a soixante ans et porte un costume croisé.

Laurent éclate de rire.

– C'est exactement ce que je voulais dire, mais vous me troublez au point de m'en rendre ridicule. Je voulais dire que je n'avais pas eu la chance d'être déjà accueilli par un si charmant sourire.

Laurent s'enquiert des tarifs excursions sur Bali, réclame quelques prospectus et fait une cour éhontée à la blonde.

– Vous savez que vous êtes un drôle de zèbre, vous êtes vraiment français, vous faites la cour à toutes les employées d'agence ?

– Non, seulement quand elles sont jolies et puis,

entre nous, dans ce coin perdu, depuis une heure, il n'est pas entré un seul client, avouez que c'est plus sympa que nous plaisantions plutôt que de vous morfondre dans cet office.

– Pour ça, c'est vrai, on ne rigole pas tous les jours comme avec vous. Mais votre voyage, c'est sérieux ?

– Peut-être, je suis seul à Sydney et je m'ennuie, alors, pourquoi ne pas aller passer huit jours à Bali pour 540 dollars, c'est une affaire, et puis il paraît que les filles y sont jolies.

– Décidément, ce sont les femmes qui règlent votre vie !

– Non, mais avouez que vivre seul, c'est pas toujours marrant, vous êtes mariée ?

– Divorcée.

– Un boy-friend ?

– Même pas, seule aussi.

– Mais c'est formidable ! Je vous invite à dîner en copains.

– Ce soir ?

– Oui pourquoi, vous n'êtes pas libre ce soir ?

– Si, si.

– O.K., où et à quelle heure ?

– J'habite Bondi, vous passez me prendre à sept heures ?

– O.K., quelle adresse ?

– 7 Notts Avenue, flat 24, à Bondi Beach.

– J'y serai, à ce soir, au fait, je m'appelle André.

– Léone.

– Vous êtes à l'heure.
– En France, nous disons que l'exactitude est la politesse des rois.
– Où voulez-vous dîner ?
– Vous avez une préférence ? Non ? Vous aimez la cuisine chinoise ? On m'a conseillé "La Pagode d'Or", tout près de chez vous.
– Vous êtes fou, c'est très cher.
– Ne vous inquiétez pas, c'est moi qui invite.

Le restaurant mérite sa réputation, le canard laqué y est succulent, les vins aussi, Léone, en bonne Australienne, leur a fait largement honneur. Ils sont déjà de vieux amis et, le repas fini, elle accepte avec plaisir d'aller prendre un dernier verre à Newton.

– J'aime l'ambiance de ces bistrots étudiants qui se montent à Newton.
– Oui, c'est un vieux quartier minable qui est en train de devenir à la mode. Après Glebe, il détrônera peut-être Paddington qui est devenu surfait et hors de prix.

Tout en conduisant, Laurent s'arrange pour passer par Abercrombie Street. Il ralentit devant le 374.

– Tiens, mais je reconnais cette maison, quel hasard, je ne pensais pas la retrouver, c'est celle d'une vieille amie dont j'avais égaré l'adresse.
– Je pense que tu fais erreur, elle est occupée par un homme.
– Ah ! Bon ? Dommage, j'ai dû me tromper, il est vrai que beaucoup de maisons se ressemblent, mais tu connais le locataire ?
– Oui, enfin non, enfin c'est un truc amusant. Figure-toi qu'un de mes amis m'a chargée d'un service, pas plus tard qu'hier. Il m'a dit qu'un de ses concurrents, il a une

société d'import-export, qu'un de ses concurrents donc était en train de vouloir acheter son immeuble et il voulait savoir qui. J'ai été chargée de repérer où cet homme habitait et aujourd'hui, j'ai filé le gars de l'aéroport à cette adresse, pas plus compliqué que ça, et tu sais combien j'ai reçu pour ce boulot ? 200 dollars !

– Ouah ! Ça, c'est du bon boulot !

– Tu parles, je ferais bien ça tous les jours.

Après le café, Laurent raccompagne Léone à Bondi.

– Dix heures, c'est trop tard pour que tu m'offres le dernier verre ?

– Non, ça va.

L'appartement est petit mais spacieux, avec une belle terrasse. Par la baie vitrée, on embrasse toute la plage de Bondi, lieu privilégié des surfeurs.

– C'est chouette chez toi.

– Oui, mais c'est petit, je n'ai qu'une chambre.

– Pourquoi, une chambre ce n'est pas suffisant ?

– Si bien sûr, mais si, à l'occasion, je veux recevoir des amis, je dois coucher dans le living, sur le canapé.

– Tu as une chouette télé.

Laurent feuillette le stock de cassettes vidéo.

– Mais dis donc, je croyais que les cassettes x étaient interdites ?

– Oui, surtout celles-ci, elles viennent directement d'Amérique, c'est Bob, mon copain de l'import-export qui me ravitaille. Tu aimes ?

– Je ne connais pas.

– Tu veux voir ?

– Ça ne t'ennuie pas ?

– Non, attends, tiens, prends celle-ci. Si tu permets, je prends ma douche pendant que tu regardes et je viens te retrouver. Que veux-tu boire ?

Il y a un quart d'heure que des couples copulent et s'échangent sur l'écran lorsque Léone apparaît dans un survêtement éponge blanc. Elle vient s'asseoir près de Laurent, un verre à la main.

– Dis donc, tu as fait la fête ?
– Ne m'en parle pas, suis tombé sur une nymphomane ! Vidé comme une vieille outre. Par contre, sous prétexte de commander des cassettes pornos, j'ai les coordonnées du gars qui lui a demandé de te suivre. Bob Martin, import-export près de la gare centrale.
– Beau travail, la fille ne se doute de rien ?
– Non, il s'est servi d'elle sous un prétexte commercial futile.
– Bon, que va-t-on faire maintenant ?
– On pourrait peut-être aller explorer ses bureaux pour commencer ?

Le quartier est calme, dans la rue perpendiculaire, le flot du trafic en provenance du Pont de Pyrmont s'interrompt au rythme des feux rouges pour tourner vers l'Université ou continuer tout droit vers la gare de Reading. Par contre, dans cette rue cul-de-sac derrière le pâté d'immeubles du "Sydney Morning Herald", c'est le calme plat, troublé de temps en temps par une voiture du journal. La porte d'entrée n'a pas été longue à ouvrir. Au bout du couloir, avant de pénétrer dans la cour intérieure, un escalier s'élance vers les étages, juste après les trois ascenseurs.

Josué et Laurent, se fiant aux plaques commerciales du hall, grimpent au second où se situent les locaux de Martin export. Autre serrure facile et les voici dans la place. Trois bureaux classiques constitués par des cloisons de verre dépoli découpent une pièce unique. Dans celle de l'entrée, un tas de classeurs métalliques à quatre tiroirs. Une photocopieuse, deux tables, plus une table dactylo. Dans le second, un rayonnage entourant les murs garnis de cassettes vidéo. Dans la troisième, un bureau de bois à deux tiroirs, le fauteuil en cuir du maître de céans, deux fauteuils visiteurs assortis. Des posters représentant Stockholm, New York, Paris et Tokyo. Une armoire métallique. Inventaire fait, Laurent se concentre sur les tiroirs pendant que Josué attaque l'armoire. Dans les tiroirs, rien de spécial : cigarettes, chewing-gum, papier à en-tête, deux stylos. Dans l'armoire, des dossiers chemises portant tous un nom de client ou un nom de produit. Rien de spécial. À tout hasard, Laurent se concentre sur le dossier Paris. Rien, trois lettres de la Chambre de Commerce, deux lettres d'un exportateur, trois pubs pour du matériel d'équipement hospitalier. Merde, dit Josué ! On ne va pas regarder tous les dossiers ? Laurent épluche les noms. Essayons celui-ci, dit-il en sortant une chemise intitulée "Arc-en-ciel".

– Dans le mille, Josué ! Arc-en-ciel, en Anglais : Rainbow.

– Facile !

Dans le dossier, une collection d'articles de presse concernant l'histoire du Rainbow Warrior, une poignée de télex, une liste de noms et d'adresses, quelques feuillets manuscrits.

– Va brancher la photocopieuse, on va se faire un cahier souvenir !

– Bon, si on résume la situation, ce Bob Martin coiffe trois types : un certain Burgat à Perth, un dénommé Legrand à Melbourne et notre Legall de la B.N.P. Il semble donc qu'il soit le patron ici, c'est sans doute lui qui est le chef d'antenne Australie.

– Non, celui-ci, j'ai son nom. Officiellement, il s'agit d'un ingénieur d'une société française de construction. Donc, il semblerait que le Bob Martin ait décidé d'agir à son niveau et il pourrait bien être notre homme. Il va falloir s'en assurer. À mon avis, s'il a voulu connaître ton adresse, ce n'est sûrement pas pour t'envoyer des fleurs. Il ne va certainement pas tarder à se manifester.

Dès cinq heures de l'après-midi, à la sortie de l'Université, Abercrombie Street se vide d'une grande part de ses voitures et s'apprête à passer une de ces nuits calmes de quartier résidentiel. De vingt à vingt-trois heures, le pub s'anime, tout comme le restaurant italien à l'autre angle de rue. Et, dès onze heures du soir, c'est le calme plat que trouble, de temps en temps, un conducteur nerveux.
Deux heures. Laurent qui assure la garde réveille Josué.

– Je crois qu'on a de la visite vieille.

Le premier verrou s'est déjà ouvert, un gadget de professionnel est en train d'avoir raison du second. La porte s'ouvre en silence. Deux ombres se faufilent dans le couloir et referment la porte. Un rapide coup d'œil dans la pièce du bas qu'éclaire un bref rayon d'une lampe de poche prouve aux arrivants que la pièce est vide. Second bref éclairage pour contrôler que séjour et cuisine attenante sont vides et les arrivants s'engagent dans l'escalier. Rebelote au premier, bref éclairage discret et regard dans les trois chambres pour constater que la maison est inoccupée. Planqués dans le placard sous l'escalier, Laurent et Josué entendent le "shit !"

sonore d'un des visiteurs qui, s'imaginant seul dans la maison, n'a maintenant plus de raison de jouer les fantômes. Les deux hommes redescendent les marches sans prendre de précautions.

– Kelvin, regarde où est le téléphone.

Le dénommé Kelvin le découvre sur le buffet peint en vert du coin repas.

– Allume !

Sans la moindre gêne, le second visiteur allume la lumière.

– On va prévenir le patron.

– Attends demain, tu ne vas pas le réveiller à cette heure-ci.

– Je connais Bob, il ne dort pas, il attend les nouvelles.

Le deuxième homme, celui qui connaît Bob, compose un numéro.

– Bob ? C'est Marc, on est sur place, le nid est vide mec.

– ...

– Je n'en sais rien, que veux-tu que je te dise de plus ? La maison est résolument vide. Le gars doit avoir découché. Qu'est-ce qu'on fait ?

– ...

– Tu déconnes ?

– ...

– Bon, bon d'accord, c'est toi qui décides.

Il raccroche.

– Kelvin, va chercher ma boîte dans le coffre de la voiture, tiens, voilà les clefs !

Il jette le trousseau puis ouvre un ou deux placards suspendus, s'empare d'un verre vide et inspecte le frigo.

Ayant fait son choix, il prend une bière en canette, dévisse le bouchon et hésite. Il décide alors de remettre le verre en place et boit à la bouteille. Il est en train d'émettre un rot de satisfaction lorsque Kelvin revient avec ce qui ressemble à une caisse à outils. Il ne lui faut pas plus de dix minutes pour faire son travail. Il se redresse alors.

– O.K. Kelvin, on se tire.

Il range la bouteille de bière vide dans sa caisse, jette un dernier coup d'œil alentour, éteint la lumière et ils sortent en refermant la porte à clef. Dès la porte refermée, Laurent pousse la porte du placard.

– Vite Josué, sors par la cuisine, passe par la venelle, tu les suis avec ma voiture. Rendez-vous ici.

Une heure plus tard, Josué est de retour.

– Alors, tu as leurs adresses ?
– Oui, les deux. J'ai bien travaillé et toi ?
– Moi aussi, regarde.
– Oh merde !

Josué regarde le matériel que Laurent a étalé par terre.

– Du travail de pro mon vieux. Un beau bijou de petite bombe qui n'a rien d'artisanale. Je connais le modèle et la provenance. Le gars est un spécialiste, il m'a fallu trois fois plus de temps à démonter qu'il en mît à installer.

– Ça devait fonctionner comment ?

– En parallèle sur la bouteille de butane et le brûleur. Normalement, en voulant te faire chauffer le breakfast, tu te faisais péter la gueule !

– Bravo ! Des sentimentaux !
– Et toi ?
– Facile. L'un, le Marc, habite à côté, à peine à dix

bornes, à Maroubra Junction. Il a son logement au-dessus de ce qui doit être sa boutique de couverture, une shop de matériel électrique et radio. Le gars Kelvin, lui, a un flat à Randwick, au 142 d'Avoca Street.

– Parfait. À mon avis, ils ont rendu compte à Bob, l'export import, et celui-ci a donné l'ordre de te faire éliminer et cela sans même rechercher ton soi-disant paquet. Pourquoi ?

– Quoi pourquoi ?

– Oui, pourquoi n'a-t-il pas fait rechercher tes soi-disant documents secrets ?

– Sans doute parce que le plus important était de couper tout contact possible avec un soi-disant agent, le danger n'est pas l'individu, ni le dossier, mais le fait que l'individu puisse transmettre le dossier.

– Moi, j'aurais quand même voulu savoir ce qu'il y avait dans ce dossier.

– Peut-être, mais pensaient-ils avoir le temps de le trouver ? Le plus radical était d'abord de t'éliminer. Quitte à revenir après peut-être.

– Ouais, tu as sans doute raison. Bon, si nous allions nous coucher ?

– Passe-moi plutôt une bière légère, je n'ai pas sommeil. Que comptes-tu faire de ces deux hommes de main ? Et que va-t-il se passer quand ils vont voir que leur pétard a fait long feu ?

– C'est une question à mille balles ?

– C'est une question à mille balles !

– Bonne question… Bon, on va s'occuper des mecs avant qu'ils réagissent. S'ils pensent que le proprio a découché, ils peuvent croire qu'il prendra son breakfast sur place. Il peut prendre, comme tout un chacun, son lunch à l'extérieur, et s'il ne dîne pas dehors, sauf redécoucher la nuit suivante, ils s'attendent au feu d'artifice pour demain matin, ça nous laisse la journée pour agir. Quelques heures de sommeil et on passe à l'action.

– O.K., je prends le lit du haut, côté rue, c'est le plus tendre.

– Le premier réveillé réveille l'autre.

Maroubra-Junction, midi, le quartier est animé comme chaque jour à cette heure du lunch où les gens font leurs courses. Josué trouve par chance une place libre au petit parking central d'Anzac Parade, au carrefour de Maroubra Avenue. À l'autre extrémité du parking, Glendfield Street s'élance d'Anzac Parade vers le coteau qui domine l'océan. Dans cette rue, la shop de Marc propose un tas d'appareils hi-fi à des prix discount. Sans hésitation, Josué et Laurent entrent dans le magasin, après tout, le Marc ne devrait pas les connaître. Deux vendeurs occupés avec des clients ne leur prêtent aucune attention, pas plus qu'un jeune couple curieux qui compare les prix. Au fond du magasin, un bureau vitré et vide. Ils s'engagent dans l'escalier du sous-sol. Salle d'expo, vide d'occupants.

– Merde ! dit Josué, il bosse peut-être ailleurs ?

Un vendeur descend à son tour : You're looking for something special ?

– Does Marc off Today ?

– Non, il est juste parti au pub pour son lunch. Si c'est pour lui, vous le trouverez au "Tramway".

– O.K., thinks a lot.

Les deux amis se rendent au "Tramway", un pub

sympa dans lequel, dans la salle à manger, un vieux tramway rutilant a été aménagé en coin repas. Marc est assis près du piano, en train de dévorer le plat du jour : T'bone et frites. Suivi de Josué, Laurent se dirige directement vers le dénommé Marc et s'assied à sa table.
– Vous permettez ?
– Bien sûr.
Josué fait de même, le dénommé Marc continue à dévorer son steak sans la moindre inquiétude.
– Dis-moi Josué, as-tu fait ton choix ?
– Je vais prendre un T'bone. S'adressant à Marc en Français : Il est bon ?
– … ?
– Do You speak French ?
– Sorry, I Don't.
– Bon, c'est déjà ça s'il ne parle pas Français, on lui fait à l'esbroufe.
– O.K. Marc, c'est Bob qui nous envoie, qu'est-ce que c'est que ce travail à la con que vous avez fait ?
Surpris, le dénommé Marc regarde les deux hommes à tour de rôle.
– Oui, le gars est rentré ce matin très tôt, il est parti normalement à son boulot, pourquoi n'aurait-il pas déjeuné ? Et s'il l'a fait comme je pense, pourquoi ça n'a pas fait boom ?
– Heu, heu… Vous êtes qui ?
– Ne détourne pas la conversation. C'est moi qui pose les questions. Bob n'est pas très heureux je peux te dire. Il a fait surveiller le 374 Abercrombie Street, nous devions vous couvrir, travail cloisonné. Kelvin est rentré à Randwick, toi chez toi, vous étiez donc supposés avoir fait votre boulot, et voilà que ce matin le gars rentre à six

heures, ressort à huit pour sûrement aller bosser et tu vas me dire qu'il n'aurait pas allumé le gaz ? Tu es sûr d'avoir bien fait ton boulot ? Bob se pose des questions. Nous, on vous a couverts de l'extérieur, on peut garantir que vous êtes entrés, mais qui nous dit que tu n'aurais pas téléphoné au gars pour le prévenir ?

– Mais, ... mais vous êtes dingues, d'abord, je ne le connais même pas moi ce gars, je ne sais même pas son nom, ni comment il est fait. Comment voudriez-vous que je lui téléphone ?

– Alors, c'est Kelvin.

– Mais vous êtes dingues ou quoi ? Kelvin n'en connaît pas plus que moi.

– Pour Bob, il y a un coup fourré, c'est ou Kelvin ou toi, choisis ?

– Mais vous êtes complètement dingues, peut-être que le gars n'a pas déjeuné.

– Tu es sûr de ton boulot ?

– Comment si j'en suis sûr ? Évidemment que j'en suis sûr !

– Alors, c'est Kelvin.

– Mais vous êtes cons ou quoi ?

– D'après toi, le type n'aurait vraiment pas déjeuné ?

– Il y a un microwave, peut-être s'est-il fait chauffer un jus au microwave ?

– Ouais !

– Ouais ?

Le Marc était en train de reprendre doucement ses esprits :

– C'est quoi vos noms ? Et qui me dit que c'est Bob qui vous envoie ?

– Et qui donc rigolo ? Tu as fait passer une annonce

dans la presse ? Bon, il va falloir aller voir Bob chez lui.

– Comment chez lui ?

– Oui, chez lui, au boulot c'est trop risqué.

– Vous savez où il habite ?

– Pourquoi, pas toi ?

– Ben non, pas moi. J'ai juste un numéro de téléphone.

– Eh bien, ça t'en fera l'occasion, dit Josué.

– Stop, je crois qu'on fait une connerie, si Bob n'a pas donné son adresse à Marc, c'est qu'il ne tient pas à ce que Marc la connaisse. Après tout, son hypothèse est peut-être valable, peut-être que le gars ne s'est servi que du microwave. Ou alors c'est Kelvin.

– Vous savez où il habite ?

– Oui, dans Avoca Street, et toi tu sais où il bosse ?

– Oui, il est technicien chez Kis.

– C'est ça. Donc, si jamais tu lui téléphones au boulot ou chez lui avant qu'on ait pu discuter avec lui, tu risquerais de le regretter longtemps.

– Moi, je n'ai pas confiance et Bob n'aimerait pas.

– Tu as raison. Marc, tu viens avec nous, on va rencontrer Kelvin.

– Mais je ne peux pas, et puis d'ailleurs, Kelvin ne passe pas ses jours chez Kis. Qui vous dit qu'il y sera, il sera sûrement à régler des minilabs chez un photographe. Et encore si sa boîte ne l'a pas envoyé en déplacement !

– O.K., tu téléphones chez Kis et tu demandes s'il y est et s'il y est, tu le convoques d'urgence chez toi ; on reste avec toi.

Ils firent ainsi. Kelvin revenait juste de son lunch quand Marc avait appelé, il arrivait. Lorsqu'il stoppa sur le parking privé de la boutique, Marc lui fit signe d'attendre dans la voiture. Laurent et Josué s'y engouffrèrent, ce dernier à l'arrière, Laurent sur le siège avant gauche.

– Salut, c'est Bob qui nous envoie. Il y a un os. Le gars d'Abercrombie Street aurait dû sauter, et ça n'a pas fait boom. Alors Bob pense que vous avez fait du mauvais travail ou que, pire, l'un de vous deux a prévenu le type. Marc, il dit que ce n'est pas lui, et toi, qu'est-ce que t'en penses ?

– Mais, mais, ça ne va pas, et d'abord, qui vous êtes, et pourquoi j'aurais prévenu ce type ? Et d'abord, c'est Marc qui a fait le boulot.

– C'est vrai ? On vous couvrait depuis dehors, et nous, c'est toi qu'on a vu sortir chercher la caisse à outils.

– Oui, c'est vrai, mais c'est Marc qui m'avait envoyé la chercher.

– Bon, on va aller voir Bob, tu sais où il habite ?

– Bien sûr que je sais, mais à cette heure-ci, il est au bureau.

– Non, il est chez lui, il nous attend.

Josué se penche par la portière.

– Marc, viens, on va chez Bob tous les quatre.

Le voyage se passe en silence, chacun suit son propre cheminement d'idées dans sa tête. Kelvin range la voiture le long du trottoir. Dans ce quartier résidentiel de Rosebery, il est facile de se garer, le 38 de Latimer Road est une maison blanche et imposante au fond d'un jardin magnifiquement entretenu. La grille est fermée. Les quatre hommes sortent de la voiture. Kelvin sonne à la grille qui reste désespérément close. Nouvelle tentative, nouvel échec.

– Shit ! dit Laurent, j'ai dû me gourer, il doit nous attendre au bureau ou alors il y a du nouveau. Restez là, je vais téléphoner.

Cinq minutes plus tard, Laurent revient, la mine heureuse.
– C'est O.K. les gars, le truc a fonctionné pour le lunch. Bob vous fait dire de vous mettre au vert, vous coupez tout contact. Vous ne le connaissez pas, on ne vous connaît pas. Laissez-nous là, vous pouvez rentrer.
Les deux acolytes disparaissent sans rien dire.
– Bon, et maintenant André ?
– Maintenant Josué, on a l'adresse du Bob, il nous reste à récupérer notre voiture à Maroubra Junction et revenir ce soir lui faire une visite de courtoisie.
– Je suppose que tu n'as pas téléphoné ?
– Évidemment non, mais je ne voyais pas d'autre excuse pour écarter ses deux hommes de main en évitant qu'ils contactent le Bob. Vivement ce soir, j'ai hâte de savoir ce qu'il a à nous dire ce faux cul.

Chapitre 5

Western Australia, 27 février

Jean-Jacques Syllebranque était dans son élément. Depuis qu'il avait accepté de jouer ce rôle de voyageur français dans l'ouest australien pour une émission de la télévision française, il était aux anges. Trois mois qu'il naviguait de Fremantle à Bourke, des pêcheurs aux chercheurs d'or, des fermiers aux tondeurs de moutons, il servait de lien pour ce reportage. Ce qui l'avait quelque peu chagriné, c'était de laisser seule à Perth sa fille de quinze ans, mais Bernard était là pour s'en occuper en cas de besoin et Carole était une grande fille.

L'avantage de ce boulot, c'est qu'il pouvait, en parallèle de ce contrat, réaliser un stock de photos pour son édition de cartes postales sur l'Australie, ce qui était son gagne-pain habituel. Vivre en free-lance n'a pas que des avantages. La route de Kalgoorie à Sandstone n'est pas des plus fréquentées. Les étendues semi-désertiques de terre ocre rouge qui la bordent semblent bien mornes sous le soleil de plomb. Jean-Jacques sommeillait à l'arrière de ce vieux tacot Ford qui l'avait pris en stop sous l'œil de la caméra. Le naturel faisait partie du scénario. L'équipe télé d'Antenne 2 suivait dans un mobile home climatisé.

Le vieil arpailleur qui détenait la Ford ne parlait guère. Il conduisait nonchalamment, un aborigène sans âge assis à ses côtés. Jean-Jacques s'était allongé sur le plateau arrière. Toutes les demi-heures, le vieux plongeait sa main dans l'icebox pour en retirer une boîte de bière. Au début, il avait tendu deux ou trois fois sa main par la fenêtre, mais, devant le refus de Jean-Jacques, il se contentait maintenant de boire tranquillement ses Swan export et de balancer les boîtes vides sur le bas-côté de la route. Le tacot ralentit et stoppa. Le vieux descendit.

– Pisser ! dit-il. Guère loquace le chercheur d'or !

Jean-Jacques sauta à son tour. Il se tourna vers le véhicule télé qui parvenait à sa hauteur, portant la main à la braguette, il les informa qu'il s'agissait d'un "arrêt pipi" et leur fit signe de continuer leur route. L'arpailleur allant à Sandstone, ils se retrouveraient là-bas.

Vessies soulagées, ils remontèrent dans le tacot et reprirent la randonnée. Le mobile home était maintenant à trois ou quatre kilomètres en tête, ils le retrouveraient plus tard à l'étape. La route qui était toute droite jusqu'alors attaquait maintenant les contreforts d'une colline. Comme ils atteignaient les premiers lacets, ils furent doublés par une grosse Toyota Cruiser noire aux vitres teintées qui soulevait un nuage de poussière. À l'arrière, affalé sur le plateau, le chapeau sur les yeux, Jean-Jacques n'avait aperçu le véhicule qu'au moment où celui-ci les doublait.

– Putain, le mec ! pensa-t-il, il roule au moins à 160. Gonflé ! Il n'a pourtant pas pu ne pas voir les panneaux annonçant que nous sommes sur un tronçon de route à vitesse contrôlée par avion radar !

Deux heures déjà que l'équipe télé les avait dépassés. À la sortie du dernier virage, l'orpailleur stoppa net. Jean-Jacques se pencha sur la ridelle pour en découvrir la cause. Le mobile home était devant eux, à cheval sur la route, engagé sur le bas-côté. Jean-Jacques sauta à terre pour rejoindre ses deux compagnons de route qui se dirigeaient vers le véhicule télé. Vide ! Le véhicule était vide. Les trois Français, Stéphane, le journaliste de Thalassa et les deux cameramen avaient disparu. Et avec eux tout le matériel de prises de vues.

Chapitre 6

Sydney : le 3 mars

— Qu'en penses-tu Josué de cette disparition de l'équipe de la télé française ?
— Aucune idée… Pourquoi, tu penses que ça pourrait avoir un rapport avec tes problèmes ?
— Je n'en sais rien, mais aucune équipe télé ne s'est jamais évanouie en Australie. Pourquoi celle-ci ?
— T'as les moyens de te payer un voyage à Perth ? Tu veux interviewer le gars Jean-Jacques ?
— Rappelle-toi des confidences que nous a faites Bob.

Pour Bob, la visite qui remontait à huit jours avait été instructive. Alors qu'il pénétrait chez lui le soir au retour d'un repas bien arrosé, le Bob s'était brusquement senti emprisonné dans un étau de bras solides tandis qu'une lampe électrique braquée sur le visage l'empêchait de distinguer un autre agresseur qui, de toute façon, dissimulait son visage. Dirigé sans ménagement vers son garage, il s'était vu infliger une solide correction tandis que le porteur de la lampe le questionnait sans ménagement à propos de la bombe qu'il avait ordonné de poser chez Josué. Le Bob avait été causant et, sur l'espoir d'un pardon éventuel, avait balancé sa salade. Il avait reçu une information de Lopez qu'un gars possédait un paquet de Steve, l'agent assassiné. Or, Burgat, de Perth, lui avait dit qu'il ne fallait à aucun prix que ce paquet quitte le territoire, que même s'il ne devait pas être récupéré, il fallait réduire son propriétaire au silence. C'étaient les ordres que lui, André Burgat, venait personnellement de ramener de Paris. Burgat et lui étaient membres du Club "Nouvelle France", club fermé auquel appartenaient quelques hautes personnalités françaises. À croire le Bob, ils agissaient ainsi pour l du pays, face à une entreprise de pourrissement du service par des agents qu'avaient infiltrés les socialistes. Quant à Steve, il ne le connaissait pas, il avait juste reçu un coup de fil de Burgat le signalant comme dangereux et à éliminer d'urgence. Il était soi-disant sur le point de remettre un dossier aux services secrets australiens. Son élimination s'était faite en douceur dès qu'il avait mis les pieds à Sydney, à son retour du Western Australia.

– Oui, je vois ce que tu veux dire, il a beaucoup été question de l'Australie de l'Ouest dans la conversation, mais ça ne prouve rien.

– Peut-être, mais Steve en revenait, c'est Burgat, de Perth, qui a passé les consignes, c'est dans le Western Australia que l'équipe télé a disparu. Il y a trop de coïncidences pour qu'elles soient fortuites. Il faut s'en occuper avant que quelqu'un s'occupe de nous.

– Ce n'est pas Bob qui parlera de nous.

Le Bob, quand il eut fini de tout dire, il s'était bêtement noyé dans sa baignoire. C'est terriblement imprudent de vouloir prendre un bain quand on a trop forcé sur la boisson. Surtout quand les gens qui vous y aident ne sont pas animés des sentiments les plus amicaux. Je vais appeler le vieux, pour savoir si nous devons aller à Perth

– Mon vieux les vacances sont finies le Vieux me rappelle à Paris !

Chapitre 7

La route de Port Augusta à Perth traverse un désert aride au nom bien choisi de Nullarbor. Parfois s'y croisent de rares véhicules, dont les conducteurs, par tradition, se saluent d'un signe de la main. La plupart du temps un vent de poussière fait courir des spinifex déracinés qui traversent la route en troupeau où des panneaux indicateurs préviennent du risque de rencontre avec des chameaux sauvages.

Sur les 2405 kilomètres qui séparent ces deux villes la route préfère suivre en grande partie l'océan du haut d'une falaise, plutôt que la ligne de chemin de fer, qui, en une part de ce désert s'étend en ligne droite sur prés de 600 kilomètres ; le tronçon ferroviaire rectiligne le plus long au monde.

Fred avait mis la climatisation à fond. Parti à 6 heures de Melbourne, s'il conduisait sans s'arrêter jusqu'à 18 heures, à la tombée de la nuit, il devrait pouvoir atteindre Perth en 2 jours et demi. Il suffisait de laisser le compteur caresser les 130 k/h en espérant ne pas se faire épingler par les avions radar. Difficile d'ignorer leur existence vu la grandeur des panneaux routiers signalant que l'on pénètre dans une zone de contrôle aérien, d'où ces lignes blanches peintes parfois en travers de la route.

À trente kilomètres avant Port Augusta se trouve un embranchement. À gauche le Lincoln highway rejoint Port Lincoln. À droite l'Eyre highway se dirige vers Perth. Fred aperçut la fille qui faisait du stop. Il pensa qu'il avait de la chance, elle était sur la bonne branche de l'Y. Il stoppa à sa hauteur et baissa la vitre côté passager.

– Où vas-tu ?
– Perth.

En fait, il avait la réponse avant de poser la question vue que la fille tenait un panneau où elle avait inscrit Perth en grosses lettres capitales. Elle était tête nue, vêtue d'un chemisier transparent et d'un short très court en jean. À ses pieds nus dans des sandales, un sac de routard surmonté d'un sac de couchage. Elle était rousse aux yeux verts, le teint légèrement hâlé, pigmenté d'une nuée de taches de rousseur.

– Monte, mets ton sac dans le coffre.

Il n'avait pas quitté son siège, il attendait qu'elle range son paquetage et vienne s'asseoir à ses côtés pour embrayer.

– Salut, je suis Fred.
– Salut je suis Monica
– Tu viens de loin ?
– Sydney.
– Moi aussi, si nous nous étions connus là-bas, ça t'aurait facilité le voyage.
– Pas de problème, ça a été facile. Je suis parti avant-hier pour Melbourne où j'ai couché chez des amis après un Sydney Melbourne direct. Hier, j'ai fait Melbourne-Adélaide également d'une traite, où j'avais aussi des amis à visiter. Ce matin tu vois c'est merveilleux j'ai tout d'abord trouvé un stop d'Adélaïde à cet embranchement et maintenant un Perth direct. Tu vas bien à Perth ?
– Oui et je suis bien content de t'avoir rencontré, c'est une longue et fastidieuse route à faire seul. La dernière

fois, je n'avais qu'une seule cassette musicale. Je connaissais toutes les chansons par cœur à l'arrivée.

– Tu vis à Sydney ?
– Oui et toi ?
– Nulle part. Je voyage en backpaker. 6 mois que je suis en Australie dont 5 au Queensland, le pied ! Ça change de mon Irlande natale.
– À Perth tu as un point de chute ?
– Non, c'est la première fois que j'y vais et je n'y connais personne.
– Je peux éventuellement te dépanner
– Me dépanner comment ?
– Si tu le souhaites, Je peux t'héberger pour quelques jours, tu comptes y rester longtemps ?
– Aucune idée, 2 jours, 8 jours, un mois, après j'irais à Broome puis dans les Kimberley.
– J'y serais pour huit à quinze jours, je peux te loger pendant ce temps si tu veux ça te laissera le temps de chercher un autre lieu de séjour si tu restes plus longtemps, j'ai un appartement avec deux chambres à ma disposition, tu vois ça ne me gênera pas.
– Merci tu es sympa, ce n'est pas de refus.

La route lui paraissait plus agréable à deux. Monica était loquace et lui parlait de son Irlande, du Queensland, de ses études, elle préparait un doctorat d'économie mais avait pris une année sabbatique. L'Irlande revenait souvent dans la conversation, que ce fut à propos du climat, du paysage, de la pêche ou de la chasse, ou même de la bière. Fred écoutait d'une oreille intéressée. Il faut dire qu'il n'avait rien d'autre à faire et que la conduite ne l'accaparait pas beaucoup sur ces longs tronçons rectilignes et désertiques. Entre Yalata et Eucla, la route longe la mer du haut d'une falaise sur une centaine de kilomètres. Ils s'arrêtèrent dix minutes pour admirer le paysage et se dégourdir les jambes, puis reprirent leur randonnée monotone. Un chien échappé d'un petit campement aborigène traversa la route devant la voiture et Fred ne l'évita de justesse que par un freinage brutal.

– Décidément j'ai manqué me faire emboutir la calandre par un danger non signalé. Les panneaux indicateurs préviennent bien de se méfier des chameaux, des émeus, et des kangourous mais pas des chiens, il va falloir qu'ils les réactualisent.

Il reprit sa route sans s'inquiéter outre mesure des animaux sauvages dont pas un n'était visible à l'horizon, et l'horizon était dégagé sur des kilomètres. De temps en temps il s'arrêtait pour faire le plein : à 130 km/h, la climatisation à fond, la voiture buvait comme un Polonais.

– Il ne va pas tarder à faire nuit, je te propose que nous nous arrêtions coucher à Eucla, la station-service fait motel.

– C'est toi le chef.

– J'avoue que je commence à en avoir plein les pattes.

Il demanda s'il y avait une chambre, les cinq étaient disponibles. Il signa pour une chambre double, hérita de la numéro 1 et invita Monica à dîner. Le pub était simple, le menu aussi, mais la nourriture était bonne, ils purent s'offrir une salade, un T'bone et des fruits. À 9 heures ils gagnèrent la chambre.

– Il n'y a qu'un lit ?

– Désolé, je pensais qu'il y avait deux singles au lieu d'un double. Ça te gêne ? On dort en copain.

– Pas de problème.

– De toute façon, ne craint rien, je suis trop crevé pour avoir la moindre idée de vouloir te sauter.

Elle posa son sac à la droite du lit, se débarrassa de son chemisier, de son short et se dirigea torse nu vers la douche. Laurent attendit qu'elle en sorte les cheveux mouillés et quelques gouttes d'eau perlant sur sa poitrine pour s'y rendre à son tour. Quand il pénétra dans la douche il comprit pourquoi elle en était sortie entièrement nue, elle avait lavé son slip qu'elle avait mis à sécher sur le porte-serviettes. Fred regagna la chambre, malgré le grand ventilateur plafonnier il faisait chaud. Elle avait retiré drap et couverture qui gisaient au pied du lit et trônait dans sa totale nudité. Fred également nu vint s'allonger à ses côtés.

– Have a good night Monica !
– You too.

Ils ne tardèrent pas à s'endormir l'un et l'autre d'un profond sommeil. Comme ils n'avaient pas pensé à tirer les rideaux ils furent réveillés à six heures au lever du jour. Dans son sommeil elle était venue se blottir contre lui un bras encerclant son torse.

– Désolé.
– Il n'y a pas de quoi, J'espère que je n'ai pas ronflé ?
– Je ne pense pas, mais si c'est le cas je n'ai rien entendu j'ai moi-même dormi comme un loir

Toilette faite, petit-déjeuner avalé, à sept heures, ils reprenaient la route. Le paysage était aussi désertique que la veille.

– Ça va être ainsi jusqu'à Norseman où la route remonte au Nord vers Kalgoorie avant de reprendre vers l'ouest avec le great eastern Highway qui rejoint Perth.

– Tu fais quoi dans la vie ?

– Comment je fais quoi ?

– Oui, comme boulot. Je t'ai parlé de moi, de l'Irlande, de mes voyages, mais toi tu ne m'as rien dit. C'est vrai que je suis un vrai moulin à paroles.

– Hé bien ! Je travaille pour une société d'études internationales, je fais de nombreuses enquêtes je rencontre des chefs d'entreprise et des investisseurs.

– Ce n'est pas trop marrant.

– Non pas trop, business business !

– C'est quand même vague.

– Oui, mais il n'y a pas grand-chose à en dire.

– Tu es aussie born ou new aussie ?

– Je suis froggy d'origine, mais j'ai quitté la France il y a douze ans et suis naturalisé australien depuis huit ans, donc new aussie.

– Je me disais aussi que tu avais un petit accent étranger.

– Encore ?

– Oui, pas trop prononcé, mais quand même.

Ils continuèrent à rouler, les heures défilant dans une sereine monotonie, la conversation en quasi-totalité animée par Monica. Après un lunch rapide à midi, se résumant en un sandwich pris au poste d'essence et une heure de sieste dans la voiture ils atteignirent Kalgoorie à la nuit tombante et décidèrent d'y faire étape. Il ne resterait plus que 600 kilomètres à effectuer le lendemain pour atteindre Perth.

La ville des chercheurs d'or a conservé son côté pionnier et primaire. Au pub des hommes rudes et timides jetaient discrètement des regards qui se voulaient indifférents sur les barmaids topless qui déambulaient sans complexe derrière le comptoir vêtues d'un simple slip de bain du genre string. Fred et Monica s'emparèrent d'un tabouret de bar et commandèrent deux Swan light, la bière locale légère bien fraîche et bien tassée.

Les tondeurs de moutons, les chercheurs d'or, les fermiers locaux forment la grande majorité de la clientèle a laquelle se joignent quelques employés de banques et commerçants du coin. Après s'être désaltérés, Fred décida d'aller réserver une chambre et de s'offrir un repas dans un établissement moins bruyant et tapageur que le pub.

Le motel de la Golden Fleece station-service n'était pas complet en cette saison. Ils réservèrent une chambre et choisirent d'aller se sustenter au restaurant chinois tout proche. À dix-neuf heures il y avait déjà quelques clients. Ils furent placés à une table ronde a gauche de la porte d'entrée avec vue sur la grande rue filtrée par un rideau en voile de nylon.

– Tu as choisi ton menu ?

– Si tu veux bien Fred on pourrait prendre plusieurs plats différents et partager selon la coutume en utilisant le plateau tournant.

– Bonne idée, par contre moi je désirerais une soupe Thaï, de celle qui fait pleurer les yeux et emporte la gueule, mais ça, c'est difficile à partager.

– Va pour deux !

– Méfie-toi la nuit risque d'être chaude, c'est vachement épicé.

– Ne t'inquiète pas je connais.

Après une nuit moins chaste que la précédente, ils reprirent la route aux aurores pour atteindre Perth vers les 15 heures.

– Tu résides où à Perth ?

– J'ai un appartement prêté par un ami à East Perth au 35 de Goderich street, c'est juste après le stade, tu verras.

Ils s'étaient couchés en copains comme la veille, mais est-ce lui, est-ce elle, est-ce la soupe Thaï, ils se retrouvèrent tout naturellement amants comme si la chose allait de soi. Ce matin leur amitié naissante s'en trouvait renforcée.

Le flat numéro 31 dans le bâtiment de briques claires à deux niveaux se révélait en fait être un bel appartement. S'il n'y avait pas de garage, une place de parking privé était réservée à chaque propriétaire dans la cour intérieure. Ils déchargèrent leurs bagages et se précipitèrent sous la douche. Le flat comprenait une salle de bains à droite en entrant, une cuisine à gauche avec vue sur la piscine privée du complexe, une petite chambre à droite, une plus grande à gauche, et une salle de séjour au fond donnant sur un petit parc.

– Tu préfères avoir ta propre chambre ou l'on partage la plus grande ?

– Va pour la plus grande Fred, il me semble que nous avons dépassé le stade de flat-mate.

– Il va falloir faire des courses, frigo et placards sont vides.

– Aurais-tu l'intention sournoise de me faire jouer les cuisinières ?

– Du tout, primo je ne suis pas macho et deuzio j'adore cuisiner, ensuite ce soir on sort, je t'invite au restaurant à Northgate, c'est sympa comme quartier.

– Ça me convient, d'autant que si j'aime la bonne bouffe je suis une piètre cuisinière

– Tu viens avec moi faire les courses ?

– J'arrive, je passe un passe un jean et un Tee-shirt.

Northgate est un quartier animé et très sympathique, de nombreux restaurants à majorité italiens, grecs ou chinois ont envahi les trottoirs et une ambiance de fête règne en permanence dans le quartier. Ils choisirent le Bleuwaves, un restaurant de fruits de mer cerné par deux pizzerias.

– Dis-moi Fred, tu connais le gars assis à la table d'angle de la pizzeria, il me semble qu'il n'arrête pas de te dévisager.

– Lequel ?

– Le chauve avec la chemise bleue.

– Jamais vu, tu es sûre que ce n'est pas toi qui l'intéresses ?

– Non, ce n'est pas un regard de dragueur.

– Un mec qui doit s'emmerder en attendant quelqu'un, il doit rêver les yeux dans le vague et il se trouve que son regard est perdu dans notre direction

– Hum ! Peut-être…

Le repas se déroule au rythme d'un service alangui. Fruits de mer frais et délicieux. Après deux cafés relativement buvables, plus italiens qu'australiens, les deux convives regagnent la voiture garée près du musée d'Art moderne.

– Fred, le gars du restaurant nous suit.

– Fred se retourne et se retrouve face à face avec le chauve qu'avait repéré Monica. Calmement celui-ci sort d'un geste naturel de sa poche un pistolet muni d'un silencieux et tire trois coups à bout portant dans la poitrine de Fred. Puis tranquillement sans cesser de sourire s'éloigne à pied tandis que dans la rue passante Monica hurle en se penchant sur le corps de Fred dont la vie s'est déjà envolée.

Chapitre 8

Paris, le 12 février

Dehors il fait un temps épouvantable. Dedans les 18 degrés habituels et un éclairage toujours aussi pâlot en raison des ampoules de 60 watts que distribue avec parcimonie une administration terriblement mesquine. Le bureau du Général Berthoumieux sent toujours la citronnelle et le vieux cuir des fauteuils fatigués. Le Directeur des services secrets a son visage des mauvais jours.

– Laurent, j'ai une bonne et une très mauvaise nouvelle à vous apprendre. Commençons par la mauvaise : Alain Moreau notre agent local en Australie a été assassiné. La bonne c'est que vous allez pouvoir à nouveau retourner dans ce pays que vous aimez, car bien entendu c'est vous que j'ai désigné pour traiter ce dossier qui a une liaison avec notre affaire de trahison que vous avez commencé à régler à Sydney.

– Peut-on connaître les conditions de son décès ?

– Notre ami effectuait une enquête de routine, contrôle discret de nos agents dans le Western Australia. Pour la troisième fois il se rendait Perth. Il a été assassiné en pleine rue sans motif apparent.

– C'est la police australienne qui vous a prévenue ?

– Non, il avait ramassé une auto-stoppeuse sur la route après Adélaïde et l'avait hébergée. Ils sortaient du restaurant quand le meurtre a eu lieu. Après avoir été interrogée par la police la fille a regagné l'appartement du service. Elle a fouillé dans les affaires d'Alain et découvert dans son agenda le nom et les coordonnés de la personne désignée à prévenir en cas d'accident. Considérant comme son devoir de le faire en raison de la gentillesse d'Alain a son égard elle a téléphoné à la personne citée, soit notre correspondant, Marcel, du Poste d'expansion économique de Sydney, pour lui annoncer le meurtre de celui qu'elle connaissait sous le nom de couverture de Fred Cardin. Marcel s'est rendu à Perth par le premier avion et a interrogé la fille. Ce qu'elle n'avait pas dit à la Police c'est qu'Alain avait été repéré au restaurant et elle a pu lui faire un portrait du meurtrier. Marcel lui a déclaré être le propriétaire de l'appartement et gentiment l'a invitée à y demeurer provisoirement. Vous allez ainsi pouvoir avoir un témoin sous la main si elle y reste quelque temps. Vous partez demain vol Singapour Airline sur Paris / Singapour, correspondance Qantas Singapour/ Perth.

– Alain.

– N'oubliez pas que pour notre témoin il s'appelait Fred

– OK, Fred était sur quel dossier ?

– Officiellement pour l'étude d'une invention locale « le moteur à eau ». Mais en fait, il effectuait une enquête discrète pour savoir d'où bien la trahison qui a causé la mort de Steve, puisque d'après vos propres constatations le problème se situerait à Perth. Marcel vous attendra à l'arrivée du vol international et vous fera un compte rendu

complet de sa mission en cours.
 – Merci, mon vol est programmé pour quand ?
 – Demain matin 10 heures, vous avez tout le temps de régler vos affaires en souffrance
 – Et ma vie personnelle ?
 – Quelle vie personnelle ?
 – Bon d'accord, on n'en parle plus.
 – Bon voyage Laurent et… Prenez garde à vous !

Chapitre 9

Perth est une île, du moins isolée comme telle, bordée par l'océan d'un côté, par le désert de l'autre. Seule agglomération importante dans l'Ouest Australien elle est séparée du reste du continent par la distance et les fuseaux horaires. Raison sans doute pour laquelle de petites échoppes se vendent à des prix très raisonnables. Sur le fleuve, les cygnes noirs, symbole de la ville et de la bière locale se prélassent au soleil. Comme prévu Marcel a accueilli Laurent à l'arrivée du vol Qantas et l'a invité au bar climatisé du Régent hôtel ?

– Voici le résumé des rapports de Fred. À mon avis s'il y a un os c'est au sujet du dossier du moteur à eau. Invention d'un petit génie local. C'est une douce plaisanterie pour les uns, une escroquerie pour les autres, et un mauvais cauchemar pour les Pétroliers. Fred devait après plusieurs transactions se faire remettre les plans de l'invention pour en faire étudier la faisabilité par la France. Il prétendait en avoir vu un fonctionner et que le gars était soumis a de fortes pressions.

– Et toi tu y crois ?

– Je ne suis pas technicien. Fred affirmait que ça marchait, il y croyait dur comme fer, surtout après avoir assisté à une démonstration.

– Qui n'a pu être truquée ?

– D'après Fred, non, et c'était pourtant un septique

de nature. Il avait avoué au Professeur Nimbus négocier pour le compte du gouvernement français.

– Je vois mal un inventeur se dessaisir de son enfant sans avoir de sérieuses garanties qu'il ne se fera pas dépouiller de sa paternité.

– Ce n'était pas leur première rencontre, Fred avait su sympathiser avec le gars, donner des garanties verbales et trouver la confiance du petit génie qui n'apprécie pas les pressions arrogantes des américains, surtout qu'il subodore que ceux-ci souhaitent acheter le brevet pour le détruire et protéger les intérêts de leurs Pétroliers

– À part ce dossier, les autres ?

– Rien qui ne puisse justifier le moindre problème, juste deux enquêtes sur deux individus prétendant représenter une boite immobilière française et qui ne seraient que des arnaqueurs à l'investissement en cogestion. Rien de sérieux. Tant qu'à l'enquête officieuse sur nos propres agents je n'ai rien pu trouver pour l'instant.

– Donc la seule piste crédible semble être celle du moteur à eau ?

– Exact.

Laurent se rendit à l'appartement de Goderich street. Il introduisit la clef dans la serrure et n'eut pas le temps de la tourner que la porte s'ouvrit. Il se trouva face à une Monica en jean et pull noir qui le regardait avec suspicion, une main derrière le dos l'autre sur la poignée de la porte qu'elle venait d'ouvrir.

– Bonjour, je m'appelle André, je ne m'attendais pas a un comité d'accueil, tu es sans doute Monica ? Je suis un

ami de Marcel le proprio.
– Oui, c'est Fred qui m'avait invité et Marcel m'a dit que je pouvais rester
– Pas de problème, on peut parfaitement cohabiter, il y a deux chambres je crois ? Tu me fais visiter les lieux ? Et tu ranges ton rouleau à pâtisserie.
– Voilà ; salle de bain, cuisine, salle de séjour, ta chambre et la mienne
– Parfait. J'espère que je ne te dérangerai pas trop. Dans l'immédiat je vais prendre une douche et me changer. 24 heures d'avion et j'ai l'impression de ne pas m'être lavé depuis huit jours.
– Tu viens d'Europe ?
– Paris.
– Tu connaissais Fred ?
– Un lointain cousin.
– C'est la première fois que tu viens en Australie ?
– Non, la cinquième ou sixième fois.
– J'aime bien Perth c'est une ville propre et sympa. Tu veux que je te prépare un thé pendant que tu fais ta plume ?
– Avec grand plaisir.

Laurent prit sa douche, revêtit une tenue légère et s'assit devant la tasse de thé. Monica avait sorti une boite de biscuit, s'était également assise devant une mug de thé et le regardait la tête posée dans ses deux mains en coquille, les coudes sur la table.
– Bon, raconte !
– Raconte ?
– Oui, tu es venu pourquoi ? Tu t'intéresses à la mort de Fred ?

Il y a des moments où l'on prend des décisions

rapides d'instinct, et ou d'entrée on se sent en confiance.
– Je ne vais pas te raconter de salade. Officiellement je suis en voyage d'affaires, mais à toi je peux le dire, je suis venu en réalité pour essayer d'éclaircir le mystère de cet assassinat. Seulement je te demande de garder le secret, la police australienne n'aimerait pas que l'on marche sur ses plates-bandes.
– J'aime mieux ça.
– Tu aimes mieux quoi ?
– Que tu ne me prennes pas pour une conne !
– Tu veux bien me raconter exactement ce qui est arrivé, même si pour toi c'est du rabâché ?
Elle lui fit un fidèle compte rendu de sa soirée avec Fred et un portrait des plus détaillé de son meurtrier.
– D'après toi, d'où vous a-t-il filé ? Il n'était pas par hasard au restaurant ? Attendait-il ici ? Vous a-t-il filé jusque là-bas ? Ce resto, vous l'aviez choisi par hasard ? Depuis votre arrivée vous n'êtes allés que faire des courses et à Northgate ? Donc il n'y a pas d'autre solution, l'appartement ici était sous surveillance et vous avez été suivi.
– Sans doute, je n'avais pas réfléchi à ça. Tu crois qu'il pourrait s'en prendre maintenant à moi ?
– À mon avis s'il en avait eu l'intention il l'aurait fait dans la foulée, Paf, Paf, deux d'un coup.
– Tu as raison, il n'était pas masqué, ne se cachait pas, savait que je pourrais le reconnaître, et ça n'a pas eu l'air de le déranger, il doit être loin.
– Oui, sans doute un tueur professionnel qui a rempli un contrat. Il a réalisé sa mission et est reparti aussitôt après. Si ça se trouve il a déjà quitté l'Australie depuis longtemps. Qu'as-tu fait depuis ?

– Depuis ? Depuis je me suis baladée dans Perth, j'ai visité Fremantle, j'ai traîné, fait du lèche-vitrines et visité les musées.

– Fred ne t'avait rien dit de son programme ?

– Non. Il devait rester une huitaine de jours c'est tout ce que je sais.

– Hé bien ! On va essayer de renouer le fil cassé.

– Tu sais qui il devait rencontrer ?

– Non, mais j'en ai une vague idée. Nous sommes samedi matin, nous pourrions peut-être profiter du week-end, je commencerai lundi.

– Très bonne idée !

– Tu as quelque chose de prévu ?

– Non, rien.

– Alors tu es mon invitée je t'accapare pour le week-end !

– Attends ! Minute, je ne fais pas partie des meubles, je veux dire que je ne suis pas à ta disposition avec l'appartement.

– Je n'ai jamais pensé ça, mais il me semble que si tu n'as rien de spécial à faire, ce serait peut-être plus sympa de passer le week-end ensemble en copains plutôt que chacun dans son coin.

– Comme ça, ça me va.

– Et puis comme je suis français il te faudra t'adapter à mes coutumes, c'est-à-dire que si je t'invite pour le week-end tous les frais sont pour moi, et pas question que chacun paye son écot.

– Vu, et en plus je dois t'avouer que financièrement. Ça ne me dérangera pas.

– Comme ça c'est net ? On m'a parlé d'un vieux village sympa : York, à une centaine de bornes, tu connais ?

– Non, jamais entendu parler...

– C'est un endroit très prisé des Yuppies, une petite ville très caractéristique de l'époque des pionniers et qui paraît-il possède un très beau musée automobile. Tu n'as rien contre ?

– Du tout. Tu as une voiture ?

– J'ai une réservation de location chez Avis

– Pourquoi ne prends-tu pas la voiture de Fred qui est dans la cour ?

– Personne ne l'a récupéré ?

– Non, elle marche très bien, les clefs sont sur le buffet.

– Tu as raison on va utiliser sa caisse, je vais annuler la réservation.

Ils quittèrent la ville par le great eastern Highway en direction de Kalgoorlie. À une cinquantaine de kilomètres ils bifurquèrent sur Quairading. Le paysage était vert, de nombreux mimosas jalonnaient l'autoroute. Monica était d'humeur joyeuse et fit la conversation la plupart du temps, par contre ce fut lui qui lui apprit que le mimosa était une fleur symbole incluse dans les armes australiennes car en raison de la taille du continent et de ses différents climats, il y avait toujours un mimosa fleuri quelque part en Australie. York était en effet une charmante bourgade qui n'avait guère changé depuis sa fondation dans les années 1800 et quelques. Actuellement elle était réputée par les Yuppies, les jeunes cadres "bobos", qui venaient se ressourcer et courir les antiquaires. Il semblait incroyable de trouver une telle collection de voitures anciennes, y compris les tous premiers modèles, comme la voiturette Renault, en Australie, et qui plus est dans un petit bled paumé de 2000 habitants.

Sans être mordue d'automobile Monica admira

l'exposition. Il y avait plus de cent modèles. Laurent discutait ferme avec le propriétaire du musée dont ils étaient les seuls clients. À la sortie du musée qui était situé au milieu de la grande rue, ils recherchèrent un restaurant. Le plus sympa était celui ouvert dans les anciennes écuries du relais de poste au fond d'une cour. Ils se contentèrent d'une quiche lorraine et d'un baramundi grillé accompagnés d'une tasse de thé. Pour un samedi il y avait peu de touristes, il est vrai qu'en ce mois de février les vacanciers préféraient fréquenter les plages comme chaque été. Le thermomètre indiquait 35° et la climatisation fut fort appréciée pendant le repas.

– C'était intéressant ta discussion avec le propriétaire ?

– Très. Je suis embauché à compter de demain, pas comme bénévole mais presque, payé par intéressement suivant les résultats.

– Et pour faire quoi ?

– Recherches de véhicules anciens de tous modèles et d'informations à ce sujet.

– Ce n'est pas un bled où tu vas t'amuser tous les jours...

– Mais qui te dit que je dois rester ici. ? Non je dois prospecter toute l'Australie, du moins en priorité celle de l'Ouest pour essayer de découvrir des exemplaires de voitures anciennes qui puissent alimenter ce musée.

– Bon courage !

– Merci.

– Tu es un sacré malin, tu ne pouvais trouver meilleure couverture pour poursuivre ton enquête

– Hé !

– Et puis faire du tourisme dans le coin aux frais de

la princesse !
— Hé !
— Et qui c'est qui va en profiter pour découvrir la région ?
— Si elle est sage.
— Bien sûr qu'elle sera sage !

En rentrant à Perth Laurent se félicitait de sa journée. Non seulement il avait trouvé une excellente couverture pour son enquête, mais en plus il avait découvert une Monica ouverte et sympathique qui allait pouvoir contribuer à l'aider dans ses démarches.

— Veux-tu que nous allions au restaurant ou un thé te suffira ?
— On peut grignoter ici, à midi c'était copieux, pour ma part je ne suis pas affamée.
— Va pour une dînette en tête à tête.

Chapitre 10

Le contact avec l'inventeur fut cordial. C'était un homme avenant, la cinquantaine et l'air sérieux, rien du professeur Nimbus. Laurent lui fit part de l'assassinat de Fred, mais il en avait déjà eu connaissance par la presse. Il lui annonça qu'il prenait la relève au nom du gouvernement français qui entendait bien poursuivre les négociations et tenir les engagements pris par son prédécesseur.

– Je suppose que vous souhaitez assister à une démonstration ?

– En effet, ce n'est pas que je mette en doute le sérieux de votre découverte, mais il me sera d'autant plus facile de la défendre auprès de mon gouvernement que j'en serai moi-même fortement convaincu. N'y voyez aucune offense.

– Pas d'offense, il est normal qu'une telle découverte soulève l'incrédulité, c'est la raison pour laquelle je vous ai moi-même proposé cette démonstration. Venez, suivez-moi. L'inventeur précéda Laurent dans un couloir qui ouvrait sur un Atelier totalement clos. Seules deux fenêtres grillagées et munies de barreaux métalliques à trois mètres de hauteur laissent passer la lumière du jour. Au milieu de la pièce un moteur installé sur un socle et relié par deux tuyaux à un réservoir de liquide et agrémenté de plusieurs compteurs et appareils de mesure attend une mise en marche.

L'ingénieur fit signe à Laurent d'approcher, ouvrit un

robinet et récupéra un peu de liquide dans un gobelet en plastique.

– Vous pouvez constater qu'il s'agit bien d'eau pure sans additif. D'ailleurs je vais vous en remettre dans un petit flacon afin que vous puissiez la faire analyser.

– Vous n'avez pas d'autre possibilité d'alimentation du moteur que par cette tuyauterie ? Et à l'intérieur du moteur lui-même il n'y a pas de réserve ?

– Non, je vais vous expliquer le fonctionnement.

Après une demi-heure de présentation technique Laurent fut convaincu qu'il n'y avait aucune tricherie possible. Le moteur fut mis en marche et Laurent incrédule dut admettre que le moteur fonctionnait bien comme annoncé en s'alimentant uniquement par eau.

– C'est une découverte majeure j'en suis sidéré !

– Vous comprendrez aisément que cette révolution ne peut pas faire le bonheur des Pétroliers. À ce niveau qu'est-ce que la mort d'un homme face aux énormes dommages que cela générerait sur le marché de l'or noir.

– Il me semble que votre propre vie devrait faire l'objet de mesures de sécurité de la part de votre gouvernement. Et d'ailleurs comment se fait-il que celui-ci ne soit pas le premier intéressé ?

– Dois-je vous rappeler l'existence d'Ampol ? L'Australie est un pays producteur de pétrole comme de charbon ou d'uranium.

– Si vous en êtes d'accord, plutôt que de me confier des plans je vous organise un voyage à Paris ou vous serez totalement pris en charge. L'idéal serait d'emporter votre prototype expérimental avec vous mais cela me paraît bien difficile.

– Je peux en peu de jours réaliser une expérience sur

place pour peu que l'on me procure toutes les pièces nécessaires, j'emmènerai l'essentiel.

– Bien, je vais immédiatement prendre des contacts en ce sens, bien entendu je ne suis pas habilité à traiter avec vous des conditions financières. Il vous faudra les négocier sur place.

– Bien entendu.

– D'ici là, évitez de vous exposer à un stupide accident.

– Ne craignez rien, j'ai envie de profiter largement des royalties qui m'attendent.

Chapitre 11

– Monica, je crois que mes affaires sont bien parties, par contre si la continuité du dossier de Fred est en bonne voie, je ne crois pas que sa mort soit prête à être vengée. Il devait s'agir sans doute d'un contrat exécuté par un professionnel …Que fais-tu aujourd'hui ?
– J'envisageais de prendre le train pour Fremantle, as-tu une meilleure idée ?
– La plage ou le shopping ?
– Les deux mon Général, et puis aujourd'hui c'est jour de marché là-bas, très intéressant ce marché.
– Et si nous y allions ensemble ? Je vais m'octroyer un jour de repos je l'ai bien gagné.
– Bonne idée !

La voiture roulait tranquillement sur la grande avenue. Ils venaient de dépasser l'Université, Laurent n'avait pas voulu emprunter le freeway, le paysage y étant moins sympathique. Ils venaient de s'arrêter au feu rouge de Mosman Park après la gare locale, là où la voie ferrée suit la route principale. Machinalement Laurent regarda dans le rétroviseur et il lui sembla reconnaître un véhicule à vitres teintées qui suivait le même itinéraire depuis longtemps déjà, en fait depuis l'Université. Le feu passa au vert et Laurent embraya, il serait plus juste de dire accéléra puisque la voiture comme la quasi-totalité des véhicules en Australie était automatique, Il continua de conduire jusqu'à la petite église qui a perdu sa vocation de culte pour servir d'atelier a un couple d'artistes peintres. Un regard dans le rétroviseur lui permit de constater que contrairement a son appréhension aucun véhicule à vitres teintées ne se trouvait dans son sillage. Passé le pont à l'entrée de la ville il prit à gauche non pas en direction du port mais du supermarché et du parking à étage ou ils seraient près du marché sans avoir à chercher une place difficile à trouver aux alentours de celui-ci.

Véhicule parqué au troisième niveau, ils rejoignirent la rue principale par la ruelle bordée de ces petites maisons qui furent à l'origine logements pour les premiers immigrants. À gauche un passage donnait sur une entrée latérale du marché couvert, côté des marchands de fruits et légumes. Ils passèrent deux heures à admirer la production hippie ; cuir, bijoux, vêtements, les stands d'opale et de pépites d'or, les petits stands de nourriture si accueillants et appétissants, Après quoi ils traversèrent la rue et décidèrent de prendre un lunch sur la terrasse au premier étage du pub faisant l'angle, celui réputé pour sa bière de blé qui se boit glacée avec une rondelle de citron. La table qu'ils obtinrent se trouvait sur le balcon côté rue principale et non côté marché. Ils attaquaient leurs prawns cocktail quand Laurent aperçut la voiture aux vitres tintées qui passait devant « Papa Luigi » dépassa le marché et tourna à gauche. Laurent chassa de son esprit ce fait sans importance pour se consacrer sur son baramundi qui était des plus délicieux.

Repas dégusté, les deux touristes se dirigèrent vers l'esplanade et firent une promenade en revenant au centre-ville par la rue de l'orient. Quelques lèche-vitrines, une visite à la boutique d'art aborigène, une autre à l'atelier de tatouage si réputé que les marins américains profitent d'une escale pour se faire décorer, et ils regagnèrent le parking. Fait inhabituel en Australie où les citoyens sont très respectueux des lois et des interdictions de stationner, un 4x4 était garé dans l'allée du troisième niveau empêchant la sortie de deux véhicules dont le leur. Laurent prit l'ascenseur tout proche pour se descendre au poste de péage afin de se plaindre au gardien.

– Mille excuses, je suis au courant, ce sont les électriciens qui interviennent sur un dysfonctionnement à ce niveau, j'ai les clefs de leur véhicule quelle est votre immatriculation ?

– 448 HZP.

– O.K. passez-moi vos clefs, je vais le descendre et garer leur véhicule à votre place, excusez-nous pour le dérangement je suis de retour dans deux minutes.

Le gardien prit l'ascenseur pendant que Monica et Laurent patientaient devant les caisses enregistreuses. Ils furent abasourdis par le bruit de la déflagration. Saisi d'une appréhension Laurent s'engouffra quatre à quatre dans l'escalier de béton qui jouxte le poste de contrôle,

Contrairement à ses dires, le gardien ne serait pas de retour dans deux minutes. Seul un pied et son mollet se pavanaient dans l'allée. Le 4x4 qui avait été déplacé à trois places plus loin, n'avait plus de glaces, pas plus que les voitures environnantes.

La voiture de Fred avait été projetée en hauteur et était retombée à cheval sur la balustrade l'arrière surplombant la rue, l'avant était déchiqueté ainsi que l'habitacle, les deux voitures qui la côtoyaient étaient enfoncées latéralement comme par un énorme coup de boutoir. Une voiture qui pénétrait au troisième niveau en se dirigeant vers la sortie s'arrêta devant le spectacle. Laurent s'approcha du conducteur hébété

– Do you have a Mobil ? Please call the Police and the Hospital (*Vous avez un téléphone portable ? SVP appelez la police et l'hôpital*).

Sans plus attendre il descendit rejoindre Monica. Nous allons pouvoir remercier les électriciens sans eux nous ne serions plus là. Notre voiture a été piégée et c'est ce pauvre gardien qui a fait les frais de la plaisanterie, il n'y a d'ailleurs pas pris son pied car celui-ci est resté dans l'allée. J'ignore où est passé le reste du personnage.

– Et devant ce meurtre tout ce que tu trouves à dire, c'est une mauvaise plaisanterie.

Une sirène annonçait l'arrivée de la Police, la voiture stoppa devant une barrière rouge et blanche bloquant ainsi une des deux sorties du parking. Une ambulance suivait bloquant l'autre barrière, il n'y avait plus de possibilité pour un véhicule de quitter les lieux. Un policier s'avança vers Laurent, celui-ci lui fit part de sa requête faite à un client de les prévenir et expliqua que l'explosion avait eu lieu au troisième étage. Les trois policiers s'engouffrèrent dans l'escalier suivi des ambulanciers.

– Cinq minutes plus tard une seconde voiture de police arrivait et se garait derrière la précédente. Elle était occupée par deux hommes en civil. L'un d'eux s'engagea directement dans l'escalier, l'autre se dirigea vers Laurent.

– C'est vous qui avez téléphoné ?

– Non, mais c'est un client à ma demande. Moi, je suis le conducteur de la voiture qui a explosé.

– Vous avez une idée du pourquoi de l'explosion ? Vous étés équipés de gaz liquide ? Vous trimbalez des explosifs ?

– Pas du tout, un véhicule du service d'entretien électrique bloquait mon véhicule et le gardien s'est proposé d'aller le garer à ma place et de descendre le mien. IL y a eu une explosion, je suis monté voir et ce n'était pas beau. C'est tout.

– Vous restez là, je monte rejoindre mon collègue et reviens dans cinq minutes, vous étiez requis comme témoin et ne deviez pas vous absenter.

Cinq minutes après être allé au troisième niveau le policier redescendit.

– Bien, Mademoiselle est avec vous ? OK, vous montez tous les deux, nous allons au poste je dois recueillir vos dépositions.

Au poste, ils restèrent deux heures. Qui était le propriétaire du véhicule ses coordonnés, quelle assurance ? Où demeuraient-ils ? Qu'étaient-ils venus faire à Fremantle ? Qu'avait-il comme produits dans le coffre ? Pourquoi le gardien était-il allé le chercher et bla, bla, bla et je t'en remplis quatre pages.

– Vous pouvez vous retirer, nous vous contacterons. Bien entendu vous ne quittez pas Perth sans nous prévenir. Voici ma carte ; George Simplon inspecteur divisionnaire.

Chapitre 12

La sonnerie les surprit au milieu de la retransmission d'un match de tennis.
– Oui ?
– Bonjour, Alan Mc Bride, vous avez déjà rencontré mon collègue l'inspecteur George Simplon ?
– Oui, entrez, bonjour inspecteur !
Laurent rejoint Monica après avoir éteint la télé.
– Je vous en prie messieurs asseyez-vous, une tasse de thé ?
Dès qu'ils furent installés dans le salon c'est Mc Bride qui prit la parole.
– J'ai pris connaissance de votre déposition, déposition confirmée par les électriciens qui travaillaient à ce niveau, reste le fait que nous aimerions savoir pourquoi votre véhicule a été l'objet d'un attentat. L'enquête a révélé qu'il s'agissait d'une bombe qui avait été branchée sur le neiman. C'est vraiment un coup de chance pour vous qu'en se garant dans l'allée les électriciens vous aient empêché de prendre possession de votre voiture. Pourquoi et par qui cet attentat ?
– Je n'en ai pas la moindre idée…
– Pas d'ennemi personnel ?
– Aucun, je ne connais personne à Perth.
– Et Mademoiselle ?

– Non plus.

– On ne tue pas les gens sans raison, voyons réfléchissez un peu, vous ne voyez pas un bout de piste à me fournir ?

– Pas le moins du monde.

– Bien, je vais vous aider. Vous êtes étranger, ici depuis quelques jours, occupant un appartement où résidait un individu qui a froidement été exécuté en pleine rue alors qu'il circulait avec Mademoiselle, c'est son véhicule que vous utilisiez. Alors vous ne trouvez pas drôle qu'après votre prédécesseur dans ce logement ce soit vous qui soyez visé ?

– C'est peut-être toujours lui qui été visé ?

– On n'assassine pas les morts. Vous faites quoi dans la vie ?

– Je suis dans les affaires.

– C'est vague !

– Je recherche des contrats commerciaux.

– Et vous avez aussi trouvé un emploi vacataire pour le compte du propriétaire du musée d'automobiles de York !

– Heu ! Oui c'est vrai…

– Vous avez l'air surpris de notre efficacité ?

– Ma foi, personne encore ne connaît ce fait et je n'ai pas encore commencé à prospecter.

– Quel est le rapport entre vous et votre prédécesseur ici ?

– Aucun, c'est seulement que cet appartement appartient à un ami commun.

– Oui, Marcel Veluet du poste d'expansion économique français de Sydney

– Heu ! Exact.

– Encore surpris de notre efficacité ?

– Non, c'est normal que vous enquêtiez sur un quidam qui a fait l'objet d'un attentat.

– Et qui a pris la suite d'un autre quidam lui aussi objet d'un attentat, mais d'un attentat malheureusement pour lui mieux exécuté.

– Je ne vois toujours pas de lien entre lui et moi ?

– Mais si voyons ce fameux moteur à eau que vous êtes allé voir fonctionner.

– .... !

– Hé oui ! Bien que ce soit fait très discrètement nous assurons une surveillance et une protection du professeur Nimbus. Ça vous surprend ?

– ... Heu oui ! Je n'avais rien décelé dans les environs

– Vous voyez il n'y a pas que les services français qui savent travailler intelligemment !

– Vous n'appartenez pas au commissariat de Fremantle, n'est-ce pas ?

– Non : ASIO service de sécurité australien. J'ai fait une enquête sur votre prédécesseur et sur vous-même, d'où le rapport établi entre vous. Alors pouvez-vous me raconter votre histoire

– Voiture noire aux vitres teintées, je n'ai pas visualisé la marque, à mon avis une Ford style Falcon de luxe, immatriculée dans cet État d'après la couleur des plaques, J'étais suivi depuis l'Université de Perth jusqu'à Fremantle. Elle est passe au centre-ville et a tourné à gauche en direction du parking pendant que nous déjeunions.

– C'est peu.

– La plus belle fille du monde ne peut offrir que ce qu'elle a !

– Et comme plus belle fille tu repasseras...

Mademoiselle n'a rien relevé d'anormal ?
— Non, rien.
— Bon, on va se quitter, Take care mate !
— N'aie crainte je vais faire gaffe. Mais dit moi pourquoi ton gouvernement n'est-il pas intéressé par le moteur à eau ?
— Tu veux le fond de ma pensée ? Parce que nous avons des politiques aussi cons ou aussi pourris que les tiens. Ou ils n'y croient pas, ou le lobby des pétroliers est superpuissant et ils ont été payés pour ne pas y croire. Toujours est-il que pas un n'a souhaité assister à une expérience. Par contre subodorant quelques appétits étrangers nos services avaient décidé de mettre le Professeur Nimbus sous protection. Voilà tu sais tout. Mais ta présence ici prouve que ton pays croit au produit et s'y intéresse
— Pourquoi pas ?
— Pourquoi pas ? Allez salut la compagnie, et restez bien calme dans les environs du Professeur Nimbus en attendant votre très prochain retour en France, et dernier conseil : évitez à l'avenir de me déranger en vous présentant à des assassinats ridicules

Il va me rester à décrocher de cette affaire, quant à toi tu ne crois pas que tu devrais continuer ton périple ? Tu as déjà manqué périr avec la voiture je ne voudrais pas avoir ta mort sur la conscience.
— Tu essaies de me virer ?
— Non de te protéger.
— Pas question ! Si tu souhaites que je parte, tu me dis carrément que tu as marre de ma gueule !

– Ce n'est pas ça…
– Bon alors je reste, et ne me raconte plus de conneries dans ce genre
– Enfin Monica, tu as pu te rendre compte qu'il était dangereux de vivre dans mon entourage.
– Sans risque la vie ne mérite pas d'être vécue. Tu crois que chez moi en Irlande c'est le Club Med ?
– OK, c'est ton choix mais je m'en voudrais qu'il t'arrive quelque chose à cause de moi.
– Il y a quelque chose qui peut m'arriver et dont tu seras responsable c'est une nuit de plaisir, viens on va se coucher.
– Attends, il faut que je passe un coup de fil.
– Alors tu as eu ton patron ?
– Oui, je décroche, l'affaire du moteur ne m'appartient plus, un autre agent plus spécialiste que moi en ce domaine va venir prendre ma suite. Tu vois notre relation va se terminer ici.
– Dommage, j'aimais bien ta compagnie camarade !

Josué ? Salut vieux, toujours disponible pour retrouver ton vieux copain ? Alors je t'attends demain au vol de 8 h 40 am, il va falloir reprendre notre collaboration et se présenter comme l'ancienne équipe de Bob de Sydney.
– Ça va pour moi, à demain.

André Burgat était imberbe, un corps lisse comme une savonnette à la paraffine, pas la moindre trace de poils, une voix de faux jeton, un air de pédé et un esprit tordu. Ça faisait deux jours que Laurent et Josué le soupesaient. À part prendre sa voiture, rejoindre son commerce de souvenirs, passer à la banque, acheter un lunch au take away italien, rentrer le soir chez lui pour lire en slip sur le balcon, il ne menait réellement pas une vie des plus désordonnées.

— Tu as enquêté dans la communauté française ?

— Oui, Burgat et Jean-Jacques se connaissent, mais ça ne veut rien dire, ici, presque tous les Français se connaissent.

— Quels rapports entre eux ? Boulot ?

— Non, soirées tarot à cinq chez Jean-Claude Syllebranque le plus souvent : André, Jean-Jacques, Bernard le P.D.G. de NEH, Thierry le patron de l'hôtel d'Orient à Fremantle, et Patrick un serveur de restaurant au chômage.

— D'autres relations hors tarot ?

— J'ignore. À ton avis, Jean-Jacques est-il si copain avec André que l'on ne puisse en tirer quelque chose ?

— On va le savoir.

Jean-Jacques habitait dans un quartier excentré de Perth, à Wilson, au n° 20 d'Eureka Road. C'est vrai que ce n'est pas à Subiaco qu'il aurait pu s'acheter une belle maison pour 24 000 dollars. Sa petite Daihatsu était dans l'allée. Laurent frappa.

— Oui ?

Elle était belle, blonde et bronzée, nue sous une minirobe blanche transparente qui ne semblait tenir que par ses seins qu'elle avait fiers et fermes. Une vraie femme pour ses quinze ans.

— Salut, je m'appelle André et voici Jo. Jean-Jacques n'est pas là ?

— Si, entrez, je suis Carole, sa fille. Elle les précéda dans la cuisine où, torse nu, vêtu d'un simple short délavé, Jean-Jacques pleurait sur des oignons récalcitrants.

– Entrez, excusez-moi, je prépare une sauce bolognaise, je ne vous serre pas la main.

Il avait un air un peu efféminé, ses cheveux bouclés et son corps gracile le faisaient paraître plus jeune que ses trente-huit ans.

– Salut, dit Laurent, nous sommes des copains de Bernard, il nous a dit que tu pourrais peut-être nous guider pour un reportage sur l'Australie.

– Vous déconnez les gars, j'en sors.

– Comment ça, t'en sors ?

– Vous n'êtes pas au courant ?

Il leur fit le récit de ses aventures.

– Ben merde alors ! Évidemment, on avait bien entendu à la télé l'histoire de l'équipe télé volatilisée, mais on ne savait pas que tu étais dans le coup. Tu n'as pas été trop emmerdé dans l'histoire ?

– Non, les flics m'ont interrogé, mais je n'avais rien de plus à leur dire. Ce qui est con, c'est que je me demande bien ce qui a pu se passer. À moins d'avoir été enlevés par des extraterrestres. Heureusement qu'ils avaient leur matériel de prises de vues. Quel scoop ils vont pouvoir ramener à nos petits-enfants.

– À nos petits-enfants ?

– Bien oui, avec le décalage du temps, d'après la théorie d'Einstein.

Il ne manquait pas d'humour, noir.

– Vous restez manger ? Vous allez goûter mes spaghettis.

– Carole, tu rajoutes deux couverts, le plus con, c'est que j'avais trouvé là un bon job pour quelques mois, très bien payé, mais je n'ai touché qu'une avance, encore heureux !

Le repas était sobre et bon enfant. Josué était allé quérir deux bouteilles de rosé Mattheus au pub voisin. Avec une salade de tomates en entrée et un camembert en dessert, c'était très convenable. Carole ne parlait guère, et c'est Jean-Jacques qui faisait le service.

– Chérie, tu nous fais un café ?

Pendant que Carole vaquait dans la cuisine, Jean-Jacques s'adressa à ses invités.

– J'ai vu vos regards gourmands quand la petite a quitté la table. Je tiens à vous prévenir que vous ne devez pas vous faire d'illusions.

– N'aie crainte, on ne drague pas la fille d'un copain.

– Ce n'est pas une objection de ma part, mais Carole est strictement lesbienne, si je vous préviens, c'est pour que vous ne soyez pas déçus au cas où vous vous seriez fait des idées.

– Dis-moi Jean-Jacques, tu l'avais trouvé comment ce job ?

Oh ! Par relations. Un copain, André Burgat, vous connaissez André ? Non ? André connaissait Michèle Decoust, un auteur français qui, outre son livre "L'inversion des saisons" chez Lafond, est venue ici faire des reportages pour la télé française avec une équipe de gars sympas. L'un d'entre eux souhaitait réaliser un reportage sur l'Australie profonde, pour une autre émission, après le départ de Michèle. Alors, André lui a parlé de moi.

– C'est sympa de sa part. Et lui, André, ça ne l'intéressait pas ?

– Non, et puis il ne peut pas quitter son magasin pour plusieurs mois.

– Et puis, peut-être qu'il n'aime pas la vie dans le bush.

– Sûr que ce n'est pas une vie facile, je vois mal André jouant les aventuriers.
– Peureux ?
– Plutôt précieux.
– Ça ne veut rien dire, souvent, on connaît mal les gens.
– Et vous ? Quelle sorte de reportage vous envisagiez de réaliser ?
– Aborigènes, on voudrait explorer les grottes à la recherche des dessins abos inconnus.
– Pas facile de pénétrer toutes les tribus.
– Avec un guide ?
– Faudrait un Abo qui connaisse beaucoup de tribus et qui soit aussi ouvert à notre civilisation. Comme Wakoo.
– Qui est Wakoo ?
– Un musicien de jazz Abo qui joue parfois chez Thierry à l'Orient Hôtel de Fremantle, il a joué avec plein de groupes, même en Amérique.
– Et lui, ne pourrait-on pas l'embaucher comme guide ? Peut-être, faudrait essayer par Thierry, s'il sait où le joindre.
– Il n'y a que Thierry qui le connaisse ?
– Non, mais quelqu'un qui ait des chances de savoir où le trouver, oui, moi je connais peu de monde. Patrick et Bernard sont absents cette semaine, et ne parlons pas d'André.
– Pourquoi, il ne voudrait pas s'en charger ?
– C'est plutôt Wakoo qui ne voudrait pas lui parler.
– Pourquoi, ils sont en brouille ?
– Il paraîtrait qu'ils auraient eu des mots, gentil euphémisme pour dire qu'ils se seraient foutus sur la gueule. Mais ça, personne n'en parle. Ce sont juste des bruits.

D'ailleurs, moi, ça m'étonne, André n'a pas du tout l'air d'un gars violent, ni très courageux pour la bagarre.

— André, c'est un connard.

Ils n'avaient pas entendu Carole revenir avec le café.

— Tu dis ça pourquoi ?

— Il a voulu me sauter.

— Ah bon ! Tu ne m'en as jamais parlé.

— Est-ce que je te parle de mes problèmes de fesses ?

— C'est vrai que ce n'est pas notre sujet de conversation favori.

Décidément, les rapports père fille n'étaient pas des plus orthodoxes.

— En plus, ce pédé, il a voulu m'emprunter ton matériel photo pendant que tu étais parti dans le bush avec les types de la télé.

— Où est le problème ?

— Le problème, c'est que j'ai pas du tout aimé la façon dont il me le demandait, ni le mec qui était avec lui.

— Qui ça, je le connais ?

— Non, ça m'étonnerait, un Français qui devait débarquer et qui ignorait que je parlais sa langue.

— Pourquoi ?

— Parce que, quand ils sont venus, Simone était là, et comme elle ne parle pas Français, André nous a forcément parlé en Anglais. Et l'autre grand con, à un moment donné, il a dit à André, en Français : "Tu ne vas pas te laisser emmerder par une gamine pareille. On a impérativement besoin du matériel et tu t'es engagé à nous le procurer". Alors moi, pour les emmerder, j'ai dit à André qu'ils commençaient à me gonfler, que le matériel je l'avais prêté à ma copine Carmen, et qu'on devait faire des séances de photos de nus et que Simone et moi, on avait hâte qu'ils se

barrent parce qu'on avait envie de faire l'amour. Pour ses quinze ans, elle ne faisait pas trop fleur bleue, c'est le moins qu'on puisse dire.
– Et c'était bien ?
– Quoi ? Les séances de photos ou l'amour avec Simone ?

– Alors Laurent ?
– Je pense comme toi. Drôle qu'André ait eu besoin de matériel photo, mais de là à penser qu'il se soit aventuré à kidnapper une équipe de la télé pour s'en procurer ! Tu le vois garder des otages dans le bush ? Et pour quoi faire ?
D'ailleurs, il semblerait qu'il soit toujours à son magasin. - Peut-être, mais l'autre, celui qui l'accompagnait chez Jean-Jacques ?
– Tu crois qu'on devrait aller rendre une petite visite à André ?
– Tu as quelque chose contre ?
André habitait sur l'esplanade. De son balcon, il voyait le fleuve où évoluaient les cygnes noirs, et tout Perth illuminée la nuit qui se reflétait dans les eaux de la Swan River. Son plaisir, c'était de se faire des grillades sur le barbecue et de manger sur ce balcon, l'impression d'appartenir enfin à une classe privilégiée. La revanche du minable. La sonnerie du téléphone le tira de sa rêverie.
– Allô ?
– André, c'est Franck, c'est en principe pour samedi soir. Je t'attends pour dix-neuf heures au plus tard. Je confirmerai le rendez-vous après-demain.
Le correspondant avait raccroché. On était mercredi

soir, il ne restait plus que trois jours. Le poisson assaisonné d'aromates grillait sur le barbecue, la sonnette tinta. Il descendit ouvrir. Il n'attendait personne.

– André Burgat ?
– Oui, c'est moi.
– Vous avez cinq minutes ?
– Heu… Oui, montez, excusez-moi, j'ai un poisson sur le gril.

Les deux hommes montèrent derrière lui.

– Asseyez-vous, je suis à vous. Il alla retirer son John Dory (*Saint Pierre*) du feu. Vous prenez quelque chose ?

– Non merci, peut-être plus tard. Vous avez appris la mort de Bob ?

– Bob ? Quel Bob ?

– Écoute mec, on joue cartes sur table, pas le temps de finasser. Bob, c'était notre patron. Steve : c'était nous. Le gars qui avait récupéré son dossier, c'est aussi nous qui nous en sommes occupés. Seulement après ça, il y a eu un os, Bob s'est connement noyé dans sa baignoire. Résultat : nous, on n'a plus de patron. Bob, c'était un prudent, son équipe action, je suis sûr que personne ne la connaissait. La preuve, on n'a personne aux basques.

– Oui, renchérit Josué, seulement nous nous sommes dit si Bob n'avait parlé de nous à personne, qui est-ce qui allait reprendre contact avec nous ? Et nous, on n'a vraiment pas envie d'aller pointer au chômage.

André les regardait l'un après l'autre, ils avaient l'air décidé et surtout d'en savoir pas mal. Peut-être trop. Ces types, il n'en avait jamais entendu parler.

– Je ne comprends rien à votre histoire.

– Écoute, nous, on comprend bien que tu sois

prudent.

– C'est même rassurant.

– Oui, c'est même rassurant, seulement, il faut bien qu'on continue à vivre.

– Heureusement que Bob a eu le temps de nous parler de toi.

– Comment ça, de vous parler de moi ?

– Oui, il nous a dit, c'est grâce à André, de Perth, qu'on a pu régler l'affaire Steve, dès qu'on aura réglé cette dernière, il parlait du type au dossier, peut-être que je vous enverrai à Perth. Il se peut qu'André ait un bon job pour vous. C'est à voir.

– Il a dit c'est à voir, peut-être pour la question photo.

– Quelle question photo ?

– Il a demandé si on était forts en photo, enfin si nous savions faire de bonnes photos, peut-être que ça dépendait d'un projet photo.

– Il vous a parlé d'un travail avec un reportage photo ?

– Nous, c'est ce qu'on a compris. Enfin, maintenant, on est dans la merde.

– Et… Et vous m'avez trouvé comment ?

– On n'est quand même pas trop cons, c'est pour ça que nous faisons nos opérations sans bavure, on a l'habitude de tout étudier. Alors, on a résumé : André, français, Perth, photo. Voilà, depuis trois jours, on est dans le coin, on a fait notre enquête sur Perth, on t'a ciblé et ce soir on est là. On est là parce que c'est toi, et parce que tu es clair.

– … Et vous tournez sur Perth depuis trois jours ?

– Oui, tu veux connaître ton emploi du temps des deux derniers jours ?

– ... Mais c'est con comme histoire, et si vous vous étiez gourés ?

– On ne s'est pas gourés.

– Mais, mais même si Bob et moi nous sommes dans le même business, qui vous dit que j'ai du boulot pour vous ?

– Parce que tu crois que des professionnels de la télé, tu pourras les faire travailler longtemps incognito sans qu'un flic les reconnaisse, ou qu'ils puissent parler à quelqu'un ? Des professionnels, c'est bien, mais à notre avis, tu aurais un meilleur résultat avec des non-professionnels consciencieux qu'avec des pros en otages, tu paries ? Tiens, sers-moi un Ricard.

– Moi, je prendrais bien un whisky, avec du Perrier, si tu as.

– ... Alors, comme ça, vous pensez que je suis pour quelque chose dans la disparition de l'équipe de la télévision française.

– Toyota Cruiser noire à vitres teintées, ça te dit quelque chose ?

– Merde ! Les flics n'en ont pas parlé dans leur enquête.

– Tu vois bien que nous sommes des pros. Et maintenant, si tu nous lisais notre avenir dans un bon café sans marc.

– Qu'en dis-tu Laurent ? Le gars André, on lui en a quand même bouché un coin non ?

Josué et Laurent se baguenaudaient dans Fremantle. Ils avaient deux ou trois jours de liberté devant eux, aux dires d'André qui avait accepté de les engager. A priori, maintenant, tout était clair entre eux, encore que… l'André avait l'air vicieux. Ils avaient donc décidé de jouer les touristes sans rien cacher de leur vie, au cas où, à leur tour, ils seraient espionnés.

Plutôt que de traîner dans Perth, ils avaient choisi de profiter du bord de mer, d'autant qu'à quarante kilomètres, la ville de Fremantle est agréable pour un Européen. Elle est la seule d'Australie à posséder des terrasses de cafés comme dans le Midi de la France. Il faut dire que du pharmacien Maire aux nombreux cafetiers, les Italiens y règnent en maîtres. Le petit marché couvert est très sympathique, l'ennui, c'est qu'il ne fonctionne que le week-end. Par contre, le pub du coin, magnifiquement décoré à l'anglaise, n'a pas de jour de fermeture. Josué avait tenu à faire goûter à Laurent leur spécialité de bière de blé servie glacée avec une rondelle de citron.

Ils s'installèrent à la terrasse de "Papa Luigi", regardant passer les femmes en tenues légères et les femmes vêtues à la mode hippie améliorée qui venaient dans le café librairie opposé choisir un livre rare ou feuilleter des revues hétéroclites. En fait, sans se l'avouer, tout en profitant d'un repos forcé, ils avaient du mal à supporter l'inaction. La plage elle-même ne les tentait pas.

Ils furent presque soulagés que se termine cette première journée de farniente et prirent un pot au Nouvel Orléans, haut lieu de la fête lors de l'American Cup. L'ambiance y était retombée au diapason des autres pubs. Pas de quoi y prendre racine, sauf d'être des inconditionnels de la bière. Le second pub visité fut l'Orient Hôtel où les serveuses top less attiraient quelques curieux. Bob, le tatoueur de la boutique voisine, y faisait lui-même fonction d'affichage publicitaire. Son corps était à lui seul un vrai musée. Deux filles jeunes et blondes l'accompagnaient, elles aussi couvertes de tatouages. Les Australiens ont la meilleure réputation dans la profession, et de nombreux marins américains profitaient d'une escale pour se confier aux mains expertes de Bob.

Désœuvrés, Laurent et Josué traînèrent vers le port désespérément mort à l'exception d'un "moutonnier". L'immense navire avait dix étages de cages cloisonnées, tel un H.L.M., où des vagues de camions successives venaient déverser des troupeaux de moutons bêlants. Battant pavillon de l'Arabie Saoudite, le navire faisait son plein d'ovidés qui navigueraient jusqu'au Moyen-Orient afin d'y être égorgés rituellement, en conformité avec les coutumes religieuses.
Laurent décida de retourner sur Perth où les soirées y sont plus animées, spécialement à Northgate. Ils durent supporter trois journées semblables avant qu'André ne les convoque pour un départ matinal dont ils ignoraient la destination.

Chapitre 13

Western Australia : le 8 Mars

　　Le break Mitsubishi roulait depuis sept heures déjà. Dehors, il faisait au moins quarante degrés. Heureusement que la voiture était climatisée. Les trois hommes ne parlaient pas. À la quatrième heure de route, André avait passé le volant à Laurent qui maintenait la voiture à une moyenne de cent dix kilomètres, vitesse limite autorisée dans cet État, bouton d'enclenchement de vitesse constante engagé. Pas question de se faire contrôler par un éventuel radar, bien qu'improbable dans la région. La route droite n'avait rien de folichon, le paysage non plus. Neuf heures. Depuis quatre heures, il faisait jour. Josué, tranquillement, s'éveillait à l'arrière.
　　– Ça va mec ?
　　– Ça va, tu veux que je te relaie Laurent ?
　　– Si tu veux.
　　– Pas la peine, on arrive dans dix minutes. À la première route en terre, tu tournes à droite.
Pour appeler ça une route, il fallait de la bonne volonté. S'il n'avait pas été averti par la pancarte de bois blanc indiquant Tikilli, Laurent aurait loupé le chemin.
　　– Celle-ci ?
　　– Celle-ci !

À cinq kilomètres, une Toyota Cruiser noire attendait. Laurent stoppa. Un type grand et fort, bronzé, yeux bleus, cheveux courts et blonds, vêtu d'un short et d'un Tee-shirt vert armé, s'avança vers eux.

— Salut André. C'est qui ? Pas prévu ?

— Je t'expliquerai, c'est l'équipe de Bob qui vient en renfort.

Les hommes se soupesaient. Le résultat dut être concluant, le grand voyait bien que ce n'étaient pas des enfants de chœur.

— Je m'appelle Franck.

— Jo.

— André.

— Toi, il va falloir changer de nom. Deux André, ça va prêter à confusion.

— O.K., appelle-moi Laurent, c'est mon second prénom.

— Va pour Laurent. Je suis venu à votre rencontre, vous auriez eu du mal à trouver. Vous me suivez.

Franck remonte dans le Cruiser qui s'engage dans le bush, suivi par le break que le premier véhicule noyait dans un nuage de poussière. La baraque abandonnée n'avait rien d'un château. Seul, le grand tonneau sur pilotis faisant office de château d'eau restait encore droit. Le bâtiment penchait à droite dans le sens où les vents devaient le pousser souvent. Les tôles du toit étaient à moitié arrachées, la véranda qui l'entourait avait, elle aussi, perdu une part de sa toiture. Trois hommes étaient assis dans un coin d'ombre. Les deux voitures s'arrêtèrent à dix mètres de la maison abandonnée. André s'avança vers les Français de la télévision.

— Les gars, on a un nouveau marché pour vous. Si vous êtes capables, avant ce soir, il regarda sa montre, ça vous laisse six heures, de transformer ces deux-là en vrais cameramen, vos vacances sont finies.

– Ça veut dire quoi cette nouvelle histoire ?

– Stéphane, tu es vraiment un compliqué. On te propose deux remplaçants pour faire votre boulot et tu te plains.

– C'était pas mon boulot. Vous nous avez kidnappés, ensuite vous nous proposez un marché, faire un reportage dont on ignore tout, contre notre liberté, et brusquement vous nous virez comme des malpropres. Premièrement, je ne me sépare pas du matériel ; deuxièmement, je ne suis pas un professeur ; troisièmement, comme je suis un reporter et donc curieux, s'il y a un reportage spécial à faire, je le ferai parce que c'est mon job. Ensuite…

Il ne put en dire plus, Franck venait de lui balancer son poing en pleine gueule, doublé d'un crochet à l'estomac. Tout costaud qu'il était, le Stéphane se retrouva étendu de tout son long, les bras en croix dans la poussière. Personne n'avait eu le temps de voir partir le doublé. Ce n'était pas un feignant le Franck. Il s'approcha des deux autres reporters médusés.

– Ça va comme ça, il n'y a pas une seconde à perdre. À dix-neuf heures, ces deux types doivent être devenus des pros. Il leur tourna le dos sans s'en préoccuper davantage.

Dix minutes de pause pour des sandwiches qu'André avait emportés dans son coffre et que tout le monde avala consciencieusement, sauf Stéphane qui avait quelques difficultés à mâcher avec les deux dents qu'il venait de perdre et ses lèvres fendues qui avaient pris un volume inquiétant. Tout l'après-midi se passa en explications, essais, contrôles, essais, contrôles, explications. Bref, à dix-neuf heures, les deux nouveaux pouvaient se considérer aptes à assurer un reportage. Peut-être pas à concourir pour le 7 d'or de la technique, mais à filmer correctement.

– Dix-neuf heures, on charge !

Tout le monde aida à embarquer le matériel dans le Cruiser Toyota. André qui, depuis un moment discutait avec Franck, s'approcha de Laurent.

– Laurent, vous êtes armé ?

– Non, pourquoi ?

– Ne t'inquiète pas, on a ce qui faut, c'est plus prudent pour se promener dans le désert. Franck, passe-leur de quoi.

Franck tendit deux pistolets, l'un à Laurent, l'autre à Josué.

– Laurent, laisse-moi ton arme, Franck et Jo ont la leur, je veux quand même en imposer un peu à ces gars-là, je ne tiens pas à changer mes dents, j'y tiens.

Laurent tendit son pistolet à André poliment, crosse en avant. Celui-ci le prit délicatement entre deux doigts, avec une grimace de dégoût.

– Pouah ! Quelle horreur que ces choses-là ! Allez, bonne route.

Il donna de sa main gauche une tape sur le Toyota, comme on le ferait sur la croupe d'un cheval. Comme si elle n'attendait que ce signal, la voiture se rua de ses deux ponts moteurs enclenchés. Un vrai Mustang fougueux. Maintenant, il faisait nuit. Il est vrai qu'ils roulaient depuis deux heures et que la nuit tombait déjà à leur départ. En Australie, la nuit tombe vite.

Franck arrivait à se reconnaître dans ce paysage sans points de repère évidents. Il devait se fixer aux étoiles, c'est du moins ce que pensa Josué et que lui-même essaya de faire machinalement. Très vite, il réalisa que le Franck était en train de les promener. Il avait fait assez d'opérations de commandos au Vietnam pour savoir se diriger la nuit. Pour une raison inconnue, Franck voulait les tromper sur la distance parcourue, mais pour quelle raison ? Walou !

Le terrain, bien que plat, était parsemé à l'Orient de quelques collines. Par deux fois déjà, ils s'en étaient approchés. Cette fois-ci, le Cruiser se dirigea vers celle de gauche, la plus petite. Il la contourna par la droite et s'engagea entre les deux suivantes. Franck stoppa le moteur et s'adressa à ses passagers tout en se saisissant de trois couvertures.

– Vous embarquez tout le matériel, la voiture reste ici. J'espère que vous n'avez rien contre la marche ?

Embarquer le matériel, c'était plus facile à dire qu'à faire. Outre la grosse caméra professionnelle, il y avait le pied, la batterie, bref, quarante kilos d'accessoires. Entre ça et les couvertures, le Franck, il avait fait le bon choix.

– Tiens mec, attrape !

Josué, sans complexe, lui balança le tripode que l'autre saisit d'une main au vol, malgré ses huit kilos.

– Je n'ai pas envie que ce putain de pied me pète la batterie, ajouta Josué.

Franck ne trouva rien à redire, ils s'engagèrent dans le bush en direction du Nord. Le sol était recouvert de quelques dômes arrondis de collines érodées comme le dos d'un gamin ventousé. Ils durent marcher près d'une demi-heure, en silence et sans pause, malgré le poids du matériel. Bien qu'il fît nuit pleine, le ciel, de par sa pureté, était quasi-transparent. Une multitude d'étoiles scintillantes semblaient décorer la voûte céleste de paillettes de strass. Ils s'arrêtèrent au pied d'une éminence, plus tertre de terre ocre que roche du paléolithique.

– On couche ici, dit Franck.

Sans un mot de plus, il balança une couverture à ses deux passagers, s'enroula par terre dans la sienne, rabattit son chapeau sur les yeux et s'endormit dans la foulée. Les autres l'imitèrent, ou essayèrent tant bien que mal d'en faire autant. Le jour ne pointait pas encore, bien que l'on devinât son approche quand Franck les réveilla.

– On grimpe là-haut, en silence, faites gaffe au matériel.

Du haut de la colline, ils voyaient le jour se lever. Dans le vallon, un petit groupe d'aborigènes s'ébrouait. Ils se levaient avec le jour. Un gamin jouait avec un jeune chien. Ils devaient être entre dix ou douze, douze compta Josué. Nus, hommes et femmes. Le jour s'était levé aussi rapidement qu'il s'était couché la veille. Au bout de dix minutes, c'était la pleine lumière. Franck fit signe à ses deux compagnons de filmer. Ils commençaient à le faire quand ils virent les aborigènes se lever et regarder vers l'ouest, un nuage de poussière annonçant l'arrivée d'une voiture.

– Vous vous concentrez sur les abos, la voiture doit rester hors du champ.

Quelques instants après, ils virent deux silhouettes d'Européens s'avancer. Ils reconnurent les deux cameramen, chacun équipé d'un fusil. Ils rejoignaient les aborigènes qui s'étaient regroupés à leur arrivée. Les abos, on ne pouvait maintenant que les filmer de dos puisqu'ils faisaient écran, regardaient vers les arrivants. Laurent et Josué, dans la visée de contrôle, reconnaissaient bien au zoom les visages des deux cameramen. Alors que les deux groupes se rejoignaient, on entendit distinctement les coups de feu. Surpris, Jo et Laurent baissèrent la caméra.

– Filmez, nom de Dieu ! gueula Franck.

Ils recadrèrent la scène, les douze aborigènes tombaient comme des mouches, les deux Français tournaient en rond au milieu d'eux. De la poussière, soulevée par quelques velléités de fuite, retomba. Seuls, les deux blancs restaient debout.

– On repart, dit Franck.

Ni Laurent, ni Josué n'avaient pu intervenir. Révoltés, ils auraient bien fait un sort à leur compagnon, mais la raison leur dit que ça ne ferait pas revivre les abos, ni retrouver leur chemin. À vouloir jouer un rôle, ils n'avaient plus qu'à le jouer jusqu'au bout. Ils rembarquèrent le matériel dans le Toyota et reprirent la route inverse. Personne ne parlait. La baraque fut enfin en vue, après deux heures de route. Franck rangea la voiture près du break qui était déjà de retour. André s'approcha des arrivants.

– Alors, vous avez pu faire un bon reportage ?

Les deux cameramen étaient déjà là. Ils dormaient à l'ombre. La preuve évidente qu'il y avait un chemin plus court que celui que Franck leur avait fait emprunter.

– C'est quoi ce merdier ? demanda Laurent.

– Eh bien, tu as vu, tu as même l'histoire dans la boîte. Ces deux gars sont allés se farcir un lot d'aborigènes.

Josué était allé vers les dormeurs et les secouait brutalement.

– Ils sont dingues, complètement drogués. ... Et le troisième type, l'homme aux dents cassées, il est où ?

– Je l'ai raccompagné sur la route, il rentrera en stop, ça lui fera les pieds. Je n'avais pas confiance en lui.

Laurent ne dit rien, il regardait les deux dormeurs, Josué qui essayait de les réveiller, le break, André qui souriait aux anges et Franck qui inspectait les lieux.

– Et maintenant, on fait quoi ?

– Maintenant, on remballe tout et on s'en va.

Franck avait chargé tout le matériel dans le Toyota, plus un grand sac-poubelle qui devait contenir toutes les petites merdes que les gars avaient dû ramasser la veille au soir : boîtes de bière vides, bouteilles d'eau, mégots... bref, toutes les petites bricoles qui pouvaient justifier d'un séjour en ces lieux.

– Josué, Laurent, vous prenez mon break avec ces deux fainéants. Je monte avec Marc. On se retrouve à l'A1.

– La route A1, la Nationale n° 1, c'est celle qui fait le tour de l'Australie, le ruban d'asphalte près duquel Franck les avait attendus la veille.

Après avoir chargé tant bien que mal les deux cameramen endormis à l'arrière, ils embarquèrent. Laurent s'appropria le volant, conduisant le break dans la foulée du Toyota.

– Quel merdier !
– Comme tu dis !
– Nous voici seuls pour près de deux heures, en attendant de rejoindre la Number one.
– Et après, on fait quoi ?
– Après ? Je me demande ce qu'ils vont vouloir faire de nos deux passagers ? Penses-tu qu'ils vont les lâcher dans la nature pour qu'ils aillent tout raconter ?
– Raconter quoi ? Ils étaient drogués et ne se rappelleront rien, et puis, le film prouverait leur culpabilité. À mon avis, ils vont les relâcher.
– Ou les envoyer rejoindre l'autre.
– L'autre, il est où d'après toi ?
– Enterré sous le château d'eau.
– Tu plaisantes ?
– J'en ai l'air ?
– Tu l'as vu ?

– J'ai vu la terre fraîchement remuée, c'était le seul endroit possible. "Je l'ai raccompagné jusqu'à la route", mon cul ! Il n'a eu ni le temps matériel, ni assez de kilomètres inscrits au compteur pour l'avoir fait. Et sa façon de prendre mon flingue comme avec des pincettes. Juste après que je l'ai bien tripoté. C'était pourquoi, d'après toi, sinon pour y conserver mes empreintes ?

– Tu crois que ces faux culs veulent nous liquider aussi ?

– Nous, peut-être pas.

– Qu'est-ce qui te fait penser ça ?

– Mon flingue justement, si l'autre tante a voulu conserver une preuve contre moi, ce n'est pas pour me faire disparaître. Il se garde une monnaie d'échange pour plus tard. Parce que, d'après toi, qui est-ce qui a buté les abos ? Et avec quelle arme ?

– Et nos deux ronfleurs ?

– Eux, ça dépend de toi.

– Ça dépend de moi ?

– Oui, avant deux heures, on rejoindra la route. Si tu as réussi à les réveiller d'ici là et qu'ils arrivent à comprendre mon scénario, ils ont des chances de s'en sortir.

– Tu crois qu'ils n'ont pas déjà arrêté leur plan ?

– Si, mais l'André, c'est un malin, il change ses plans en fonction des événements. D'après moi, le topo d'aujourd'hui, il n'était pas initialement prévu comme ça, ils l'ont modifié en fonction de notre venue.

– Et ton scénario, c'est quoi ?

– Réveille-les d'abord. Il faut qu'ils jouent les abrutis : mon Dieu, qu'est-ce qu'on a fait ! Il faut absolument éviter la police, il faut réussir à quitter le pays en douce. Il faut qu'on disparaisse.

– Et tu crois que ça contentera les autres ?
– Oui, pour eux, ce qui compte, c'est qu'ils s'évaporent, qu'on ne puisse les retrouver, et que le monde les croie coupables. "Des Français assassinent des aborigènes !". Alors, si en plus les gars sont convaincus eux-mêmes d'être coupables, c'est parfait.
– Et pour Stéphane ?
– Tu connais un truc pour le ressusciter ?

Chapitre 14

Perth, le 7 Mars

Les cygnes noirs évoluaient sur la rivière, les ferries traversaient lentement. Une légère brise soufflait sur le balcon. On apercevait en face, sur la pelouse, devant l'imposant building en béton du "Masonic Hall" le show ambulant du bicentenaire qui avait installé ses caravanes. Un verre à la main, ils étaient tous les quatre sur le balcon. Sur le barbecue, des grosses prawns grillaient.

— Voilà comment je comprends la vie, dit André.

— J'avoue que ce n'est pas désagréable... Et maintenant, la suite du programme, c'est quoi ?

— Vous deux, vous allez vous planquer cinq ou six jours, chez un copain, j'avais d'abord pensé à Fremantle, chez un ami qui a un hôtel, mais à l'hôtel vous rencontrerez trop de monde. Surtout qu'il a des serveuses top less le soir et ce côté sordide, ça attire. Et en plus, en week-end, il a des orchestres de jazz qui viennent jouer. Alors, tant pis pour la place, je vous envoie en banlieue Est, chez un autre ami photographe. Vous serez deux Français en vacances que j'ai rencontrés et qui préférez vous reposer au calme en payant largement la pension. Je vais lui téléphoner. Quant à Franck, il s'envole pour Canberra ce soir.

— Je te souhaite bien du plaisir vieux, c'est le coin à

s'emmerder ferme.

– N'aie crainte Laurent, je n'y vais pas pour des vacances.

– Et nous, ces cinq à six jours en banlieue, tu ne pouvais pas trouver mieux comme vacances ?

– Je ne suis pas allé vous chercher vous deux. Alors, si vous voulez bosser pour moi, il faudra vous habituer, moi je donne les ordres, vous, vous exécutez. C'est la tête et les jambes et je n'aimerais pas avoir à me répéter.

– Bon, bon, t'inquiète, Laurent disait ça comme ça, nous, à l'Est ou à l'Ouest, on s'en fout. La seule chose, c'est qu'il ne faudra pas nous y oublier longtemps, parce que l'immobilité, moi ça me donne des crampes.

– Ne t'inquiète pas, tu vas pouvoir bouger, tu n'auras pas le temps d'avoir des crampes.

– On peut savoir ?

– Vous voulez trop savoir.

– Excuse-moi André, le patron c'est toi, c'est clair, rien à redire. Seulement, avec Bob, on n'avait pas l'habitude de bosser comme ça. Je t'ai dit qu'avec nous, tu n'aurais jamais d'emmerdes parce que nos opérations, on les étudie avec minutie. Alors, tu commandes, c'est ton boulot, mais agir, c'est le nôtre, et le nôtre, on aime le faire bien. Alors, si on questionne, ce n'est pas par curiosité, c'est par conscience professionnelle. Ça, tu peux comprendre ?

– Vu comme ça, je suis d'accord. L'opération que j'ai en vue n'est pas prête, donc pour l'instant, ce n'est pas votre problème, le boulot de Franck non plus. Par contre, dès que le boulot qui vous revient sera décidé, alors vous aurez tous les éléments en ce qui le concerne. Ça vous va ?

– Moi ça va, parfait.

– Moi aussi. Tiens, repasse-moi donc ta bouteille de

Martini.

– Tu parles d'un pays à la con. Le Martini moins cher que le vin rouge !

– Vous permettez ! Je vais en acheter une autre bouteille vite fait au pub du coin.

– Surprise les gars, en plus du Martini, regardez ce que je vous ramène : "Un Châteauneuf du Pape en solde !" Incroyable ! Ce n'est pas en France que l'on aurait trouvé ça. Un commerçant qui ayant une vieille bouteille poussiéreuse lui suppose ne plus avoir plus grande valeur et se croit obliger de la solder à bas prix !

Le voyage au pub pour acheter du Martini avait surtout servi d'excuse à Laurent pour téléphoner chez Jean-Jacques. Ce dernier avait accepté l'idée de les accueillir pour quelques jours et promit qu'il ne ferait pas part à André de leur précédente rencontre, ni de ce coup de téléphone. Lorsque ce dernier avait téléphoné pour faire sa proposition d'héberger deux Français pour une semaine environ, sa suggestion avait été bien accueillie. Deux heures plus tard, André déposait ses passagers en coup de vent, profitant de conduire Franck à l'aéroport prendre le « maudit minuit » Ce putain de zinc qui se traîne toute la nuit de Perth à Sydney. André s'était excusé de son passage éclair, Franck, quant à lui, n'était même pas descendu de voiture.

– Ah ! Ça fait du bien de se trouver chez des gens sympas !

– Tu ne sembles pas trop porter André dans ton cœur Josué.

– Pas plus que son copain.

– Le connard qui voulait le matériel photo ?

Ils n'avaient pas entendu Carole arriver.

– Oui, celui-là.

Laurent avait mis les choses au point. Il n'était pas question de prendre pension à l'œil, d'accord, ce genre de service se rendait souvent entre Français dans le besoin, mais là, il tenait à payer, d'autant qu'André leur avait laissé 500 dollars pour la semaine. Ils avaient convenu de donner chacun 100 dollars pour la piaule, surtout que Jean-Claude leur cédait la sienne, s'installant, lui, un lit de camp dans la véranda.

– Vous étiez passés où ?

– Carole, ce n'est pas tes oignons. Ils viennent ici pour être peinards.

– Moi, ce que j'en dis, après tout, c'était pour faire la conversation.

Ils passèrent quelques instants à discuter, puis, comme la soirée avançait, décidèrent d'aller se coucher, Jean-Jacques devant se lever tôt, il avait rendez-vous à huit heures avec son imprimeur. Deux jours qu'ils tournaient en rond dans la maison. Bien qu'ils n'en aient pas reparlé, les meurtres des abos et du Français leur travaillaient l'esprit. Le premier soir, ils avaient fait un tarot, mais le cœur n'y était pas ; le second soir, personne n'avait proposé de jouer aux cartes. À la télé, personne n'avait non plus parlé du massacre. À croire qu'il n'avait pas encore été découvert. Mais quel intérêt pouvait avoir le meurtre de douze aborigènes ?

– Toujours pas de nouvelles des gars de la télé Jean-Jacques ?

– Toujours pas, les journaux ont cessé d'en parler.

– Et s'ils avaient monté une mise en scène pour qu'on les oublie et qu'ils aillent s'offrir un scoop ?

– Idiot. Comment se déplacer sans voiture, pourquoi abandonner notre reportage presque achevé, et pour aller filmer quoi ? D'abord, ils m'en auraient parlé vu qu'on vivait quasiment ensemble depuis presque trois mois. Ensuite, qui leur aurait indiqué une exclusivité ? Et enfin, tant qu'à s'évaporer, pourquoi choisir un lieu loin de tout d'où ils auraient du mal à regagner un lieu civilisé ?

– Pourquoi pas la découverte d'une civilisation vivant dans des cavernes ignorées ?

– Quels sont les grands sujets qui auraient pu les inspirer ?

– Aucun... aucun, ou alors plus tard... la semaine prochaine, par exemple.

– Qu'est-ce qu'il y a la semaine prochaine ?

– Quand il était Premier ministre, Bob Hawke avait rencontré les chefs de tribus aborigènes pour reconnaître l'existence de ce peuple en tant qu'Australiens, mais il n'était pas allé jusqu'au point de faire des excuses au nom du Gouvernement. Aujourd'hui notre Premier ministre a décidé de dépasser la position de Bob et prépare une cérémonie officielle au cours de laquelle des excuses publiques seront présentées au peuple Aborigène pour se faire pardonner la « génération volée » c'est carrément un traité de paix qu'il s'est mis en tête de signer.

– Il n'y a jamais eu de traité de paix depuis l'invasion de l'Australie par les blancs ? Et ça doit se passer où ?

– Au territoire sacré d'Ayers Rock, mais la rencontre préparatoire a lieu demain ou après-demain à Canberra.

– Demain ou après-demain ?

– Je ne sais pas, demain je crois, ou après-demain, pourquoi, c'est important ?

– Ça pourrait l'être, peux-tu te renseigner tout de suite ?

– Attends, Carole… Carole, tu as le journal ?

Elle l'avait. C'était le lendemain matin à neuf heures, une tente symbolique avait été dressée dans le parc du nouveau building du gouvernement fédéral.

– Josué, tu penses comme moi ?

– Merde ! J'ai peur que oui.

– L'avion pour Canberra, quelle heure ?

– Quand, ce soir ? Jean-Jacques jeta un coup d'œil à sa montre… Il décolle dans vingt minutes les gars, aucune chance de le prendre.

Laurent et Josué se regardaient, la mine basse. Que faire ? Laurent fit ses poches, demanda à Josué de faire les siennes pour récupérer toute la monnaie possible. Ils en avaient pour 3 dollars 40. Jean-Jacques fut tapé à son tour, même Carole fut mise à contribution. À eux tous, ils atteignaient les 7 dollars 80.

– Ça va être juste pour prendre le temps de s'expliquer

– Vous pouvez téléphoner d'ici. Pourquoi voulez-vous aller à une cabine ? Si c'est si privé que ça, je peux emmener Carole faire un tour.

– Des clous, vous avez parlé de Canberra, si c'est un coup foireux où sont plongés André et l'autre connard, je veux être dans le bain avec vous.

– Carole, on ne t'a rien demandé, ce n'est pas une histoire de gamine. Qui te dit d'ailleurs que ça concerne André et son copain ?

– Parce qu'André, quand il vous a déposés ici, il conduisait son pote à l'aéroport pour Canberra, et que ce mec-là, il a bien une gueule à faire des mauvais coups.

Jean-Jacques regardait sa fille comme s'il ne l'avait pas vu grandir. Bien sûr, physiquement elle avait maintenant un corps de femme, mais les déductions de ses raisonnements le surprenaient, elle pensait comme une adulte.

– De toute façon, dit Laurent, même si on voulait, on ne pourrait pas téléphoner d'ici, on ne tient pas à ce que le numéro soit relevé.

– Tu veux dire par la police ?

– Quelque chose comme ça, l'administration.

– Tu crois qu'ils ont des appareils branchés en permanence pour enregistrer la provenance des appels ? Et même si c'était vrai, il leur faudrait sûrement un certain temps.

– Le problème, c'est qu'il nous faudrait aussi un certain temps pour s'expliquer et pour être crus.

– C'est qui que vous voulez joindre ?

– Ce sont les services de sécurité, ils pensent que l'autre con veut préparer un attentat contre Bob Hawke et ils ont peur qu'on ne les croie pas.

Décidément, la Carole, elle n'avait ni sa langue ni ses yeux dans sa poche.

– Elle a raison ?

– Et merde ! Après tout, qu'est-ce qu'on risque ?

Laurent fit un résumé succinct : Rainbow Warrior - Steve Bob et l'attentat manqué, André, Franck, le meurtre des abos et de Stéphane de la télé.

– Oh merde ! Oh merde ! Le Jean-Jacques, il était médusé ! Oh merde ! Stéphane, un gars si sympa ! Et les abos, pourquoi ? Et Canberra ?

– Vous ne vous emmerdez bien pour rien.

Aïe, aïe, aïe, ils l'avaient oubliée la Carole, elle avait écouté toute l'histoire.

– Vous ne vous emmerdez bien pour rien, si vous

avez peur de ne pas être pris au sérieux, faites intervenir les services français pour qu'ils préviennent les Australiens et se dédouanent ainsi à l'avance d'être responsables de ce qui pourrait arriver. Les trois hommes se regardèrent.

– Évidemment, c'est une idée. Mais c'est avouer que Laurent est en mission incognito ici, et c'est quand même accuser deux agents français, André et Franck, d'avoir fait le coup. Non, il faut absolument prévenir un attentat et on ne peut pour autant accuser André et Franck. Dans tous les cas, on est baisés.

– Et si…

– Écoute Carole, tu veux bien nous lâcher les baskets, tu vois bien que c'est un truc vachement grave et qu'il faut réfléchir sérieusement pour trouver une solution originale.

– C'est bien ce que je voulais dire. Et si au lieu de prévenir les services de sécurité, vous faisiez intervenir quelqu'un d'autre ?

– Et qui ?

– Le gouvernement en exil du FLNKS par exemple en disant qu'on veut tuer les abos, que si ça se fait, que le traité n'est pas signé, c'est une grosse perte pour leurs frères de couleur et pour eux aussi car un traité signé en Australie peut influer sur leur indépendance à Nouméa.

– Carole, tu es vraiment tordue, tordue mais futée. Le problème, c'est que c'est trop court, on est pris par le temps, ce n'est pas possible d'organiser une manip pareille.

– À qui tu téléphones Carole ?

– Laisse faire, à l'heure qu'il est, on n'a plus rien à perdre ! Je savais bien que Thierry ne quittait pas son pub avant une heure. Wakoo, je sais où le trouver, il est à Fremantle, il couche au pub de la Nouvelle Orléans ?

– Ça, c'est peut-être notre dernière chance. Il faut aller le récupérer tout de suite.

– Je viens avec vous.

– Ça, ça m'étonnerait.

– À moi aussi, parce que vous ne savez pas dans quelle chambre il est, et à une heure du matin, vous n'allez pas réveiller tout l'hôtel ?

Le moins qu'on puisse dire, c'est que Carole savait ce qu'elle voulait. Ils embarquèrent tous les quatre dans la petite Daihatsu, en direction de la côte. À deux heures du matin, Fremantle est désert. Jean-Jacques gara la voiture devant l'Orient Hôtel. Le pub était bien entendu fermé, mais la porte de l'hôtel ouverte, comme à son habitude. Ils montent tous les quatre jusqu'au second étage. Le salon télé était resté allumé, des dizaines de boîtes de bière vides traînent sur les tables basses et les banquettes fatiguées. Ils suivent le couloir derrière Carole qui ouvre la marche : c'est ici, la dernière porte à gauche, face à celle des douches.

Wakoo, réveillé dans son premier sommeil, regarda les arrivants d'un œil glauque. Une chance qu'il ne jouât pas ce soir, la peur de Jean-Jacques, c'était de le retrouver stone. Mais s'il était abruti, c'était de fatigue, et il ne fallut pas longtemps pour qu'il retrouve tous ses esprits. Carole et Jean-Jacques, il connaissait bien Wakoo, ça faisait gagner du temps. Lorsque Laurent eut terminé son compte rendu, l'aborigène n'avait toujours pas bougé. Un silence s'établit dans la pièce.

– J'ai besoin du téléphone.

– On va chez moi, proposa Jean-Jacques.

– Nous n'avons pas une heure à perdre. Il y a le téléphone au bar en dessous.

– Mais la porte est fermée ?

– Et alors ? Une porte, c'est fait pour être ouverte

Cinq minutes plus tard, les serrures n'ayant aucun secret pour Laurent, ils étaient installés dans le petit bureau de Thierry, coincé derrière le bar.

– Quel bordel là-dedans ! Josué regardait les paquets de factures qui traînaient au milieu des menus, des prospectus, des verres vides et des cendriers pleins.

Wakoo s'était accaparé le téléphone. Laurent n'aurait pas cru que la langue aborigène était si riche, mais, à part deux ou trois mots d'Anglais par ci, par-là, le musicien s'en contentait parfaitement pour dialoguer avec ses correspondants. Ils décidèrent de s'installer dans le bar, inutile d'encombrer ce bureau ridicule où ils finiraient par étouffer, d'autant qu'ils ne pouvaient pas suivre la conversation et que Wakoo les ignorait complètement.

Chapitre 15

Canberra

À cinq heures du matin, le thermomètre reste frileux à Canberra. Il devait indiquer huit degrés. Si le soleil n'était pas encore levé, il n'allait pas tarder, le violet du ciel avait fait place à une lumière rouge vif. Sur la pelouse étalée entre le lac artificiel et le nouveau bâtiment du Gouvernement Fédéral, une grande tente bleue avait été dressée. Dans quatre heures, les personnalités devaient arriver.

À huit cents mètres de là, dix huttes aborigènes s'étaient bâties la veille. Les chefs de tribus devaient s'y reposer. En fait, seuls, deux vieillards et trois femmes entre deux âges y demeuraient encore, leurs compagnons s'étaient éclipsés au cours de la nuit. Les quelques motels se tiennent en périphérie de la ville. Franck était descendu au National. Il avait terminé son travail la veille au soir. Il lui restait maintenant à attendre l'heure fatidique pour déclencher le feu d'artifice. Rien ne devrait plus changer le cours des choses.

Étendu sur son lit, il regardait un film américain sur le canal vidéo interne de l'hôtel. L'odeur pénétra insidieusement son esprit. Il regarda autour de lui et découvrit la fumée qui pénétrait sous la porte. D'un bond, il fut rendu sur celle-ci qu'il ouvrit brusquement pour se retrouver face à une vision incongrue ; celle d'un aborigène nu, revêtu de ses peintures guerrières.

Dix minutes plus tard, toute trace de son séjour en ces lieux avait disparu. À croire qu'il n'était jamais venu à Canberra.

À neuf heures les premiers arrivants avaient envahi la pelouse, personne ne voulait louper cette première étape d'une cérémonie officielle par laquelle le Premier ministre allait reconnaître officiellement l'existence des aborigènes comme membres intégrés de la population australienne. D'ailleurs depuis 1967 n'étaient-ils pas inclus dans cette population lors des recensements. Le premier geste de considération avait eu lieu en 1984 lorsque le Gouverneur Général avait remis officiellement à la tribu des Pitjantjatjana les titres de propriété de la région d'Uluru, grand site sacré nommé Ayers rocks par les colons. Cette même année 1984 ou était découvert dans le désert de Gibson un groupe de Pintupi qui y menait en solitaires une vie traditionnelle, tribu qui n'était encore jamais entrée en contact avec des Européens.

Mais les Aborigènes ont su utiliser l'humour face aux outrages vécus. En 1988 lors du bicentenaire de la fondation de la colonie de Sydney, c'est-à-dire de la création de l'Australie, l'aborigène Burnum Burnum n'était-il pas allé planter le drapeau aborigène sur les falaises de Douvres pour « prendre possession » de l'Angleterre. La musique militaire du corps des marines avait pris place face aux tentes aborigènes d'où sortaient hommes, femmes et enfants revêtus des peintures traditionnelles sur des corps nus. Ce fut l'image qu'en rapporta la presse et que gardèrent en mémoire, avec les discours, les curieux contents de cette cérémonie passée dans la plus grande sérénité.

Chapitre 16

L'endroit était toujours aussi sauvage. Laurent et Josué s'y étaient rendus à la demande de Wakoo, en fait, ce sont eux qui l'avaient emmené dans le 4x4 de location. Depuis la fameuse nuit de Fremantle, ils n'avaient plus revu l'aborigène. Ils avaient passé trois jours dans une ambiance d'inquiétude et de soulagement mitigés. Inquiétude devant ce silence, soulagement du fait qu'aucun événement dramatique ne soit survenu.

La presse et la télévision avaient relaté la rencontre exploratoire du Premier ministre avec les chefs de tribus à Canberra. Il y était allé de son petit discours et du désir de son gouvernement de signer ce traité qui n'avait jamais eu lieu. Il lui semblait inconvenant, à lui et au Labor Parti, que les aborigènes ne soient pas considérés comme australiens, eux qui furent les premiers habitants de ce continent. Pour la première fois au grand dam de farouches conservateurs, le drapeau noir, jaune et rouge aborigène avait flotté à côté du drapeau national.

Par contre, toujours aucune information en ce qui concernait l'équipe télévision d'Antenne 2, ou sur le massacre auquel ils avaient assisté. La veille, Wakoo s'était présenté chez Jean-Jacques, annonçant qu'il leur fallait se rendre le lendemain sur les lieux du massacre. Ils avaient partagé le repas et l'aborigène s'était installé pour la nuit sous la véranda.

Les branches mortes et sèches, couleur de sable, volaient sur les étendues plates du bush, poussées par un vent violent. La vieille baraque semblait plus que jamais prête à s'écrouler sur sa droite, une tôle ondulée à moitié déclouée frappait une solive du toit au gré des sautes de vent. Près du gros bidon sur pilotis faisant office de château d'eau, le cadavre exhumé de Stéphane avait été recouvert d'une couverture. Attachés respectivement aux deux piliers de bois qui soutenaient la véranda, André et Franck avaient perdu de leur superbe. Laurent et Josué étaient assis dans le seul coin d'ombre qu'épargnait le soleil. Il devait faire 45 degrés. Wakoo, débarrassé de son éternel saxo et de son béret tricoté de laines multicolores, avait rejoint le Conseil des anciens qui, assis en rond, palabrait à deux cents mètres. Il était redevenu maintenant un aborigène parmi les autres, lui, l'ancien joueur de saxo d'un groupe américain.

Le Cruiser Toyota noir arriva dans un nuage de poussière, sans s'arrêter devant la maison, il rejoignit le groupe assis. Trois aborigènes en descendirent, nus, et s'incorporèrent au groupe. Depuis plus d'une demi-heure, ils palabraient gravement, concentrés, penchés en avant comme pour mieux se pénétrer des mots qui se disaient. Et puis, soudain, monte comme une douce litanie une sorte de discours chant collectif que l'on ne sait comment nommer plus mélopée que parlé, plus parlé que chanté. Wakoo se lève dans les premiers et rejoint Laurent et Josué immobiles sous ce coin d'ombre de la maison.

– Je suis désolé pour le corps de ton compatriote, mais il devra rester ici.

– Mais, tu nous avais dit que nous pourrions le…

– Oui, je sais ce que j'ai dit, mais je ne suis pas le seul à décider. Le Conseil des anciens en a décidé autrement. Le corps sera enterré ici, comme seront enterrés les corps de mes frères.

— Mais comment pourrions-nous prouver…

— Prouver quoi ? Il ne s'est rien passé.

Wakoo va à la voiture et en sort une cassette vidéo dont il retire le film.

— Ceci n'existe pas, il sera brûlé ce soir. Les morts n'existent pas, ils seront enterrés ce soir. Ces deux-là n'existent pas, ils seront morts ce soir.

— Mais Wakoo, je dois à mon pays de prouver que…

— Et moi, je dois à mon peuple de rembourser ses morts.

— Nous voici revenus au point de départ ou presque.

— En supposant que Bob et André soient les deux seuls faux culs, mon boulot serait fini, mais, qui me dit qu'ils n'avaient pas des complices ? De toute façon, ils en avaient à Paris et comment, maintenant, remonter jusqu'à eux ?

Les deux hommes faisaient grise mine, Jean-Jacques et Carole avaient été tenus au courant des événements, ils avaient donné leur parole de n'en point souffler mot. Jean-Jacques avait décidé d'écrire à titre personnel aux deux cameramen en espérant qu'Antenne 2 fasse suivre le courrier, à mots couverts, il leur expliquait que les problèmes étaient résolus et qu'ils n'avaient pas de soucis à se faire.

— On pourrait peut-être fouiller l'appartement d'André, qui sait si nous ne découvririons pas les coordonnées d'un contact parisien ?

— Je le crois trop futé pour laisser traîner des traces

compromettantes.
— Peut-être, mais un nom dans un carnet d'adresses ?
— On peut toujours essayer.

Ils avaient fouillé l'appartement de fond en comble et tout ce qui semblait avoir quelque intérêt avait été regroupé dans ce sac de sport qu'ils épluchaient maintenant dans le séjour de Jean-Jacques. Ce dernier était parti à Sydney pour deux jours, essayant de monnayer l'édition d'un livre de photos sur l'Australie. Carole tournait autour d'eux comme une mouche. C'est dans le répertoire téléphonique que Laurent releva deux pistes.

— Je connais ce numéro, dit-il, c'est celui d'un bureau d'études qui travaille pour le service, par contre, le nom de Jean d'Autrimont ne me dit rien.
— Si je comprends bien, ton enquête est finie sur l'Australie, le reste va se jouer à Paris ?
— Oui mais avant, il reste à vérifier cette adresse qui semblerait être une résidence secondaire appartenant à André, mais après quoi c'est vrai viendra l'heure des adieux, il me faudra rejoindre la Capitale. Dommage, c'était bien agréable de faire équipe avec toi. Tu retournes à Townsville ?
— Tu as une autre idée ?
— Reprendre du service, ça ne te dirait rien ?
— Je suis trop vieux pour ça, camarade.
— Trop vieux, trop vieux, c'est toi qui le dis. Simone m'a dit qu'elle aurait bien aimé, tant qu'à essayer un mec, faire l'amour avec toi !

Carole, comme à l'accoutumée, s'était incrustée dans leur conversation.

— Dis donc à ta copine qu'elle fasse un autre choix si elle veut se convertir.

– Je n'ai pas envie qu'elle se convertisse, moi, si je te disais ça, c'est parce que je ne voudrais pas que tu te laisses aller, t'es pas vieux tu sais Josué, moi, je t'aime bien. Je vous aime bien tous les deux, vous ne serez jamais vieux dans la tête et c'est ça qui compte.

Une sacrée idée d'avoir voulu investir dans ce coin perdu de la Rain Forest. À moins de vouloir y planquer quelque chose, aucune ressemblance avec un lieu de villégiature. La Maison était comme la majeure partie des maisons australiennes faite de longues planches de bois clouées à l'horizontale et se chevauchant les unes les autres. Le bois avait perdu toute trace de peinture et les terres environnantes étaient envahies d'herbes sauvages. Heureusement, les connaissances du bush que possédait Jo permirent d'éviter une catastrophe. Ignorant l'existence même de la Gympie Gympie Laurent avait failli toucher cette plante.
 – Tu sais que tu l'as échappé belle, la Gympie Gympie sous son nom latin de Dendrocnide Morbides peut du simple fait de la toucher, procurer des douleurs qui durent des mois et nécessitent une hospitalisation
 – Et tu crois qu'André aurait volontairement planté cette saloperie dans le voisinage pour décourager les curieux ?
 – Non, cette plante pousse à l'état sauvage par ici, mais heureusement elle tend à disparaître en raison des variations climatiques. Le plus drôle c'est qu'alors qu'elle te procure une zone rouge et enflée, créant des atroces douleurs certaines espèces de marsupiaux, les insectes et les

oiseaux lui restent insensibles.

– La porte n'était fermée qu'à l'aide d'un simple crochet qu'il suffit de soulever pour pénétrer dans l'habitat. La maison était très frugalement meublée, une table un buffet et un lit, le tout dans une seule pièce. Rien pour cuisiner ou pour occuper des longues soirées d'hiver.

Le buffet fut inspecté, sommier matelas du lit vérifiés.

– Rien dans les lieux, dans les environs nous n'avons pas de lieux pouvant servir de cachette possible, donc nous avons fait un déplacement pour rien. Je crois que maintenant plus rien ne me retient ici, je vais devoir rejoindre Paris.

Chapitre 17

À Paris, il faisait gris en ces derniers jours de février. Laurent se fit directement conduire à Saint-Denis. Le vieux lui avait fixé rendez-vous dans ce petit troquet de banlieue qui semblait resté figé dans une époque d'avant-guerre.

— Alors Laurent ! J'ai lu votre rapport. J'ai situé votre homme, il s'agit de Raymond Dantré, le responsable du bureau d'études. C'était facile, dans cette boîte de couverture, il n'y a que trois personnes du service accréditées, Dantré et deux secrétaires de liaison.

— Vous croyez que ce gars est un maillon important ?

— Le Premier ministre est intervenu directement sur l'intérieur, il a été mis sur écoute sans que soit signalée son appartenance à la maison. Il est en contact avec Marchelidon.

— Merde, le Colonel Marchelidon ?

— Oui, celui du bureau OPS. Ils appartiennent tous deux à un groupement, une sorte de secte ou de fausse loge maçonnique comme la P2 italienne. Le siège est à Poissy, j'ai fait effectuer un discret cambriolage. Le fichier a été photocopié. L'un des membres pourrait peut-être présenter votre candidature.

— À moi ? Vous voulez me faire rejoindre ces farfelus ?

— Et pourquoi pas ? Vous avez bien pénétré des

réseaux plus fermés.

– Mais ce n'est pas pareil, et d'abord, ici, c'est du ressort de…

– Non, c'est votre enquête et je veux que vous la meniez à terme, vous connaissez un dénommé Valon ?

– Valon ? Quel Valon ?

– Marcel Valon, P.D.G. de SIAT France, un de vos anciens condisciples à…

– Mais, comment avez-vous retrouvé ça ? Et seul ?

– C'est mon boulot, Laurent, vous l'avez oublié ?

Le Général regardait Laurent avec une joie pétillante au fond des yeux, heureux de marquer des points. Laurent se dit que ce vieux futé devait bien avoir un réseau parallèle que lui seul connaissait en dehors du service.

– Il faut que Valon vous recrute, vous allez devenir membre de cette association et découvrir ce qui s'y mijote. Comme je n'ai pas de temps à perdre, vous avez déjà quatre rendez-vous de pris avec des chefs d'entreprise pour offrir vos services. Vous êtes en recherche d'emploi, votre travail dans un service d'État ne vous plaît plus, vous êtes politiquement découragé par l'orientation du gouvernement.

– Mais…

– Il n'y a pas de « mais ». Je vous donne quinze jours pour me boucler ce dossier. Ne me faites pas croire que je me suis mépris sur vos qualités.

Le Bureau donnait sur la Seine, vu les dimensions de la pièce et de celles des secrétariats attenants, la Société SIAT n'était pas dans la misère.

– Et tu souhaites quitter ton emploi ?

– Oui, je n'ai nulle envie de m'étioler dans un boulot

qui ne me passionne plus.

— Tu sais que l'époque n'est pas la meilleure pour se reconvertir.

— Je sais, mais je sais aussi que les emplois dans le privé sont mieux rémunérés. Si j'ai accepté jusqu'à ces derniers temps d'être sous-payé, c'est parce que je m'y retrouvais sur le plan qualité de vie. Aujourd'hui, j'ai perdu la foi, je n'ai aucune raison de continuer à me sacrifier pour un gouvernement dont je désapprouve la politique.

— Dans notre Société, on ne fait pas de politique, et d'ailleurs ce serait malvenu puisque l'État est un de nos clients.

— Je n'en fais pas non plus, je désapprouve seulement de voir mon pays s'en aller à la dérive.

— Je garde ton CV, je vais voir mon chef du personnel. Tu as contacté d'autres entreprises ?

— Oui, trois autres.

— Je te contacte au plus tard vendredi. Compte sur moi, si je peux faire quelque chose, ce sera fait.

Laurent regagna son appartement officiel par simple précaution. Il savait bien que son copain ne le rappellerait que le vendredi puisque aux dires du vieux, les réunions avaient lieu le jeudi soir. Trois jours à attendre. Le vendredi matin, le téléphone sonna à huit heures trente.

— Marchand ? C'est Valon, tu peux passer à mon bureau à dix-huit heures trente ?

Laurent était à l'heure, il avait même cinq minutes d'avance. Il fut aussitôt introduit dans le bureau du P.D.G.

— Mon cher ami, j'ai une mauvaise nouvelle pour toi, je crois qu'il faut être clair, mon Directeur du personnel prétend qu'il n'a aucun poste qui te convienne, mais en plus, il pense qu'en raison de l'ambiance de la maison, un recrutement externe venant perturber le plan des promotions internes serait mal accepté en cette période.

– Eh bien, il me reste néanmoins à te remercier pour tes démarches.

– Attends, reste un peu. J'aurais pu te faire part de cette réponse par téléphone sans t'obliger à te déplacer. Si j'ai tenu à ce rendez-vous, c'est que j'attends un ami qui souhaite te rencontrer, il ne va pas tarder.

Il tarda si peu à venir qu'on aurait pu penser qu'il attendait derrière la porte. Valon n'avait pas terminé sa phrase qu'une sonnerie retentit. Le P.D.G. prit le téléphone…

– Oui, qu'il entre.

La porte s'ouvrit sur un homme d'une soixantaine d'années, costume sombre, cravate noire, barbe et cheveux blancs, lunettes sans bords.

– Je te présente le Général Andrieu, P.D.G. de la Société HELMANS.

– Mes devoirs, mon Général, Laurent s'était levé et légèrement incliné en tendant la main, un discret respect dans le geste.

– Asseyez-vous Monsieur Marchand, mon ami Valon m'a fait part de vos démarches. Ainsi, vous êtes à la recherche d'un emploi ?

– C'est exact, mon Général.

– J'ai lu votre C.V., il me semble assez intéressant.

– Vous pensez qu'il puisse intéresser votre Société, mon Général ?

– Non, non, mais j'aimerais néanmoins discuter avec vous de ces raisons qui vous poussent à quitter l'administration, Monsieur Marchand, ou plutôt devrais-je dire Commandant Marchand.

– Ce n'est qu'un grade d'équivalence, mon Général, je ne suis pas militaire d'active. Je travaille comme ingénieur d'études à…

– Oui, à la DICOMEX, Société Gouvernementale d'études géopolitiques, je sais. Et vous disiez à notre ami Valon que vous souhaitiez quitter cet emploi ?

– Oui, mon Général.

– Pourtant, vous disiez vous-même que vous n'avez qu'un grade d'équivalence, vous n'êtes pas militaire.

– Non, bien sûr, mais mes travaux servent de base à des études gouvernementales et je ne veux plus travailler pour cela. Disons que je veux faire jouer la clause de conscience.

– Vous savez que les places sont chères actuellement sur le marché du travail.

– Oui, mon Général, d'ailleurs, notre ami Valon me l'a déjà rappelé.

Et le fait qu'il n'ait pu, malgré sa position et ses relations, vous trouver quelque chose ne vous arrête pas ?

– Pas du tout.

– Eh bien, je vous souhaite bonne chance et si je vous demandais de rester dans votre emploi et de vous rémunérer certaines études que vous pourriez réaliser pour moi, cela vous irait-il ? Ça pourrait bien arrondir vos fins de mois.

– Non merci, mon Général, même avec un meilleur salaire, je ne tiens pas à continuer mon travail.

– Comprenez-moi, Monsieur Marchand, continuer votre travail peut peut-être servir une politique que vous réprouvez, mais si, en même temps, ça permettait d'aider certaines personnes qui pensent comme vous ?

– Vous voulez dire…

– Oui, je veux dire que vous n'êtes pas seul à penser ainsi, nous sommes organisés, mais nous sommes comme le gouvernement, nous avons, nous aussi, besoin de renseignements, d'études, pour établir notre politique pour préparer un changement.

– Vu sous cet angle, je peux y réfléchir.

– Vous pouvez, Marchand, vous pouvez. Mais pas trop et pas trop longtemps. Je vous pensais homme de décision. Vous avez des attaches ? Sans doute l'aval d'une épouse ?

– Je suis libre de toute attache, mon Général et prends seul mes décisions. Mais en l'occurrence, l'offre est surprenante.

– Elle vous choque ?

– Elle m'agréerait plutôt, mais c'est, excusez-moi de vous dire ça mon Général, c'est sur l'efficacité de votre groupe que je me questionne et sur le temps qu'il me faudra rester encore dans mon emploi. Et peut-être aussi sur l'utilité que je pourrais vous y rendre. A priori, je suis évidemment très sensible à votre confiance et réconforté à l'idée que d'autres partagent mes idées. De fait, je peux, dès maintenant, vous offrir une collaboration si vous m'assurez du sérieux de vos collaborateurs.

– Vous connaissez le Colonel Marchelidon ?

– Marchelidon ? Marchelidon, celui du Bureau OPS ?

– Lui-même.

– C'est un Officier de valeur, mon Général.

– Très bien. Il a aussi une bonne opinion de vous. Vous êtes libre ce soir ?

– Je peux me rendre libre.

– Parfait, nous dînerons tous les quatre, Valon,

Marchelidon, vous et moi. Vingt heures trente au Moï, rue Gustave Courbet, soyez à l'heure.

À vingt heures trente précises, Laurent se présente au Moï. Il est introduit immédiatement dans un petit salon particulier par la patronne, charmante Eurasienne. Juste une table et trois convives déjà installés. Repas intime.
– Je suis confus, j'avais cru comprendre vingt heures trente ?
– J'ai bien dit vingt heures trente Marchand, vous êtes ponctuel, mais mes amis et moi avions quelques petits points de détail à régler. Nous avons donc profité de ce repas pour faire d'une paire deux coups et régler ces babioles.
L'ambiance faisait très "cercle". Langage châtié, propos courtois. Lecture du menu, commande. Au départ de la discrète hôtesse, le Général entra directement dans le vif du sujet.
– Marchand, je n'irai pas par quatre chemins. Marchelidon me garantit que vous êtes un homme sérieux sur lequel on peut compter.
– C'est réciproque, mon Général.
– Bien sûr, Marchand, mais ici, ce soir, ce n'est pas le sérieux de Marchelidon qui est en cause, mais le vôtre. Vous avez travaillé avec notre ami pour monter des dossiers, certains d'entre eux ont parfois recoupé des actions des services spéciaux. Vous avez un emploi sédentaire Marchand ?
– Ma foi oui, bien évidemment. Sauf en congés où je navigue un peu, ou lors de quelques études sur le terrain pour compléments d'informations.
– Êtes-vous allé en Chine ?

– Du tout, mon Général.
– Japon et Australie ?
– J'y suis passé il y a quelque temps.
– Des amis, des relations chez qui vous pourriez descendre discrètement ?
– Personne à première vue.
– Mais vous sauriez y séjourner, ou y faire une enquête dans la plus grande discrétion ? Je veux dire sans y laisser de preuves de votre passage ?
– Je le pense, mon Général.
– Bien, bien. Nous allons vous envoyer là-bas.
– Mais… mais vous m'avez demandé de conserver mon emploi actuel, je n'ai aucune raison valable qui me permette actuellement de justifier une étude au Japon ou en Australie.
– Marchelidon va se charger de faire réclamer à vos services des informations qui justifieront une mission, ne vous inquiétez pas pour ça.
– À vos ordres, mon Général.

Le serveur apporte les mets avec cette préciosité asiatique naturelle qui est l'apanage du restaurant. Chacun s'empare des baguettes avec l'aisance d'un habitué. La nourriture est succulente.
Valon s'adresse à son tour à son compagnon d'études.

– Laurent, il y a un moment où il faut jouer cartes sur table. Tu dois bien penser que cette réunion discrète a une raison précise. Tu as déjà dû comprendre que nous n'approuvons pas la politique gouvernementale et il m'a semblé que cela ne te dérangeait pas. Plus même, tu as accepté de nous fournir des informations qui, normalement, doivent être classées "confidentielles" ou même "secret-défense", quand ce n'est pas "cosmic", ce qui n'est pas "régulier régulier". Tu acceptes donc une certaine forme de dérogation au principe de la fidélité au gouvernement ? Je ne dis pas à l'État, je dis au gouvernement. Nous sommes d'accord ?

— Nous sommes d'accord.

— Bien. Mes amis, tu t'en doutes en te rencontrant ce soir, prennent certains risques, limités certes, mais réels.

— Quels risques ?

— Ne joue pas les idiots. Tu as très bien saisi qu'il existe un regroupement et que ses membres, de par leur appartenance à ce mouvement, se placent dans l'illégalité. Il y a des moments où il faut savoir prendre des risques. Le "petit Clamart" a été un de ces moments. Hélas, mal préparé et surtout mal exécuté. Nous serions plus à l'aise pour discuter avec toi si tu acceptais d'adhérer à notre mouvement. Nous en avons déjà parlé entre nous. De notre côté, ta candidature ne poserait pas de problème. Mais toi ? Es-tu prêt à t'engager plus avant ?

— Je crois que votre présence à tous ce soir est la preuve que je serai en compagnie de gens sérieux.

— Très bien… Appartiens-tu à quelques mouvements politiques, religieux ou philosophiques ?

— Je n'ai aucun engagement.

— Parfait ! Rends-toi libre mardi prochain, je te ferais contacter, et prévois également d'être disponible le jeudi suivant en soirée. Je t'attendrai à dix-huit heures à mon bureau.

Ça commençait bien. Laurent avait envisagé se morfondre toute la semaine dans les bureaux de sa société écran, passant ses soirées en père peinard dans ce logement de mission où il était censé vivre. Il menait la vie morne d'un fonctionnaire célibataire sérieux, pour le cas où ses "nouveaux amis" auraient décidé de le faire surveiller. Le mardi, comme chaque jour, depuis qu'il avait investi cette adresse de circonstance, Laurent se tenait prêt, disponible, pour réagir à tout événement. À dix heures, alors qu'il faisait réchauffer un plat cuisiné au micro-ondes, on frappa à sa porte. Un homme en uniforme de postier lui remit un paquet après avoir rapidement jeté un coup d'œil circulaire dans la pièce et se retira aussi rapidement qu'il était avenu. Le mot n'était pas signé, mais assez limpide pour que le destinataire pût l'attribuer au Général Andrieu.

Les insurgés ne plaisantaient pas, ni sur l'engagement à démontrer, ni sur la façon de prouver sa soumission. Les consignes étaient claires, nous étions mardi soir et Laurent avait jusqu'à jeudi dix-huit heures, heure à laquelle il devait se présenter chez son ami Valon, pour descendre un traître a la cause dont le CV l'adresse, et la liste de ses divers déplacements et habitudes étaient joints au pistolet contenu dans le colis. Laurent put constater le sérieux des insurgés en constatant que l'arme ne possédait aucun signe distinctif permettant de l'identifier, tout numéro ayant été limés.

La cible lui était inconnue. Laurent ne voulut pas prendre le risque d'appeler depuis son appartement au cas où celui-ci aurait subi une pose de micro discrète. Il enfila un vieux pardessus et entreprit une balade de célibataire lui faisant visiter trois bars du quartier. Dans le premier il se contenta de boire un café tout en regardant un bout de feuilleton à la télévision, dans le second il descendit aux toilettes pour passer rapidement un coup de fil au vieux donnant les renseignements sur la cible et le test demandé. Dans le troisième qui clôturait une longue promenade il resta au bar à regarder la fin du feuilleton dont il avait vu le début dans le premier café.

Le lendemain mercredi il se rendit à son poste de travail et à l'aide des renseignements qui lui avaient été fournis entrepris de programmer un plan d'action, lequel fut discrètement envoyé au Vieux L'avantage de bien se connaître, c'est que l'on n'a pas besoin de tout se dire, pour bien se comprendre. Le Vieux était en possession de l'heure, du lieu et de la méthode que Laurent devait pratiquer, ça devrait suffire pour que Laurent n'eût pas à réaliser le meurtre dont il était chargé.

À treize heures quarante-cinq, Laurent entreprit de suivre sa cible à la sortie du restaurant où ils avaient tous deux déjeuner à des tables éloignées pour ne pas laisser trop longtemps l'image d'un visage imprégnée dans la mémoire d'un autre. À mesure que la marche s'allongeait la distance raccourcissait entre Laurent et sa cible. Il était presque rendu derrière elle, que celle-ci vacilla, sembla avoir une hésitation et s'écroua sur le sol. Aussitôt une dame qui se trouvait derrière Laurent se précipita vers le malade, demanda à Laurent tout proche d'appeler le SAMU et déboutonna le col de chemise du quidam indisposé. Le véhicule d'urgence qui stationne en permanence à l'entrée du Parc ne mit pas plus de trois minutes pour être présent sur les lieux.

Un officier de gendarmerie commença par faire décliner leurs identités aux personnes présentes dans l'entourage, à savoir trois : la dame qui avait doublé Laurent, un jeune étudiant en pharmacie et Laurent lui-même.

Puis les premiers soins palliatifs faits sur place, l'ambulance entreprit de conduire l'individu à l'hôpital. Questionné, l'officier de gendarmerie avait avoué qu'il s'agissait d'un AVC sérieux et qu'heureusement la dame témoin avait rapidement et efficacement réagit.

Le jeudi, la journée commençait bien, il faisait bon, ciel pur et pas le moindre nuage Pour rien au monde, Laurent n'aurait voulu louper le rendez-vous. À dix-huit heures, il se présentait au bureau de Valon qui l'attendait. Immédiatement, ils descendirent au sous-sol où le P.D.G. prit lui-même le volant de sa 605.

– Je reste fidèle aux voitures françaises, sauf à Renault qui est un fief subversif.

– Nous allons où ?

– Au club. C'est un château dans les environs proches, à Poissy. Tu verras, tu seras surpris. J'espère que tu n'as pas changé d'idée et que tu es toujours d'accord pour rejoindre notre groupement ?

– Bien entendu, mais je souhaiterais m'expliquer tout d'abord sur un problème, J'ai été sollicité pour remplir une mission que je n'ai pu hélas réussir en raison d'événement

– Oui, je sais ne t'inquiète pas nous sommes au courant, cet échec ne t'incombe pas…

Ils bavardèrent de chose et d'autres jusqu'à l'arrivée au château. En réalité, grande maison bourgeoise au fond d'un parc. Les grilles étaient ouvertes, deux gardiens en tenue de garde-chasse se tenaient de part et d'autre de celles-ci. Lorsqu'ils atteignirent les marches du perron, Valon désigna à Laurent la petite porte de service où il était attendu, puis il alla garer la voiture dans le parc. Le perron était sombre, de même que les vêtements de l'homme qui accueillit Laurent. Il le suivit dans une pièce voûtée, son chaperon demanda de bien vouloir attendre là qu'on vienne le chercher.

Il y avait quinze minutes environ qu'il patientait lorsque la porte s'ouvrit. L'homme qui l'avait reçu lui demanda de le suivre. Il était muni d'une lampe électrique et dirigeait Laurent avec un faible faisceau de lumière au travers de couloirs. L'immeuble tout entier était plongé dans l'obscurité.

Laurent réalisa qu'il pénétrait dans une pièce, il dut y faire une vingtaine de pas avant que la lampe n'éclaire une chaise vide sur laquelle son cicérone lui demanda de s'asseoir.

Un puissant spot lumineux l'éclaira alors, l'entourant d'un cercle de lumière qui tranchait dans le noir ambiant. Laurent réalisa qu'il était ainsi exposé aux regards d'hommes qui devaient l'entourer dans le noir. Une voix s'éleva.

– Monsieur Marchand, vous avez souhaité rejoindre notre mouvement. Voici arrivée l'heure de l'épreuve qui nous permettra de décider si nous vous en jugeons digne. Je dois d'abord m'assurer que vous persistez dans votre désir.

– Je persiste.

– Je dois également vous prévenir que cet engagement est irréversible. Si nous le décidons, vous entrerez dans une confrérie à laquelle vous devrez prêter serment de fidélité, d'allégeance et d'obéissance. Acceptez-vous, Monsieur, de lier votre avenir au nôtre, votre esprit à notre cause ?

– J'accepte.

– Monsieur, il s'agissait d'une autre voix, que Laurent reconnut être celle de Valon, Monsieur, des questions vont vous être posées, acceptez-vous d'y répondre sincèrement.

— J'y consens.

— Monsieur, cette fois c'était la voix du Général Andrieu, Monsieur, avez-vous des liens familiaux, collatéraux, amicaux avec des gens travaillant pour des entreprises d'État, qu'il s'agisse de l'État français ou d'États étrangers ?

— Aucun.

— Et vous-même, avez-vous un engagement avec l'État ?

— Oui. Je travaille pour une société qui fournit des études géopolitiques.

— Ces études permettent-elles au gouvernement d'orienter sa politique ?

— En effet, tels sont leurs buts.

— Cela ne vous gêne-t-il pas ?

— Autrefois non, aujourd'hui si, c'est d'ailleurs pour cela que j'ai dit vouloir quitter mon emploi.

— À qui l'avez-vous dit ?

— À des membres de votre organisation.

— Lesquels ? Citez-moi leurs noms.

— Désolé Monsieur, s'ils le souhaitent, ils vous le diront eux-mêmes.

— Et sinon ?

— Sinon, ce ne serait doublement pas à moi de vous le dire.

— Vous êtes impertinent, Monsieur Marchand, et si votre entrée parmi nous dépendait de cette réponse ?

— J'en serais terriblement désolé, mais ma réponse est la même. La discrétion est l'une des vertus premières quand on veut protéger ses amis.

Une autre voix s'éleva qu'il ne connaissait pas.

– Monsieur Marchand, avez-vous combattu sur le terrain, je veux dire physiquement ?
– En effet.
– Seriez-vous capable d'effectuer un acte de sabotage ?
– Sans aucun doute.
– Et sans aucun remords ?
– Non, si c'est pour une juste cause.
– Comment jugez-vous l'opération Rainbow Warrior ?
– Comme une mission mal préparée, mal gérée et mal exécutée.
– Vous auriez fait mieux ?
– Sans aucun doute.
– Peut-on savoir comment ?
– Oui, en…
– Très bien, une autre fois, Monsieur Marchand nous serons heureux de connaître votre plan d'action, mais hélas, nous n'en avons pas le temps ce soir.

C'était le Général Andrieu qui l'avait interrompu et qui poursuivait :

– Et si vous deviez mener une action d'élimination pour notre cause, allant jusqu'à exterminer des agents secrets français, iriez-vous jusqu'au bout de cette mission dictée par nous ?
– Je le crois.
– Vous le croyez ou vous en êtes sûr ?
– J'en suis sûr.

Pendant vingt minutes, Laurent fut soumis à un flot de questions passant de la politique à sa vie privée, de ses qualités à ses faiblesses, de son travail à ses loisirs, de la philosophie à la religion, de la morale aux sentiments. Le tout par des questions croisées et rapides. Mais Laurent était trop bien rodé pour tomber dans les petits pièges qu'il sentait poindre sous les interrogations.

– Monsieur, vous allez vous retirer et attendre notre décision. Nous allons maintenant statuer sur votre demande d'admission. Mais, quelle que soit notre décision, je vous demande votre parole que ce que vous avez vu ce soir restera secret.

– Vous l'avez.

Vous l'avez d'autant plus, pensa Laurent, qu'il n'y avait rien à voir jusqu'à présent. Et que le vieux possède la copie de votre fichier. Il fut reconduit dans la pièce voûtée où il avait déjà attendu et où il dut à nouveau patienter une demi-heure dans la plus grande solitude. Enfin, son guide vint le rechercher et le cheminement recommença. Il s'assit à nouveau sur la chaise et à nouveau fut entouré du cercle de lumière.

– Monsieur Laurent Marchand, j'ai le plaisir de vous annoncer que nos compagnons ici présents ont voté favorablement pour votre affiliation. Compagnon Président, l'impétrant est fin prêt !

– Compagnon inquisiteur, que réclamez-vous pour lui ?

– Je réclame l'illumination, Compagnon Président.

– Debout, compagnons mes amis, que l'illumination soit faite.

Une lumière puissante et crue éclaira la pièce. Laurent découvrit qu'il se tenait au milieu d'une immense salle entourée, de trois côtés, d'estrades à trois rangs superposés où siégeaient une soixantaine d'hommes, tous vêtus d'une robe noire ornée d'une croix d'or sur un hexagone bleu, Il eut envie d'éclater de rire, on se serait cru dans un club du Klux Klux Klan, la cagoule en moins. Chacun avait la main droite sur le cœur à la façon américaine de saluer. Sur le côté central où devaient siéger les responsables, cinq personnages portaient une robe or au lieu de noire. Celui du centre portait en plus une chaîne d'or autour du cou.

Le fait qu'ils ne soient pas masqués prouvait à Laurent qu'il était bel et bien accepté. Il dévisageait les conjurateurs. Outre Valon, le Général Andrieu, le Colonel Marchelidon, un député Lepéniste, deux chefs d'entreprise connus, un Préfet et un artiste de variétés célèbre, il ne connaissait pas les autres.

– Repos compagnons.

Ils rabaissèrent leurs bras et se rassirent.

– Monsieur Marchand, venez à moi.

Laurent s'approcha du Président.

– Mettez genoux à terre, Monsieur.

Laurent s'agenouilla, le Président, qui portait une épée au fourreau, se saisit de celle-ci et s'approcha de l'impétrant.

– Debout compagnons ! Au nom de l'assemblée des compagnons de la France Éternelle et en vertu des pouvoirs qui m'ont été conférés, je vous reçois et constitue compagnon de l'ordre de la France Éternelle. Relevez-vous compagnon.

Des hourras jaillirent dans la foule, criés par trois fois. Laurent était silencieusement amusé de voir ces hommes, pour la plupart d'un certain niveau social, se conduire en boy-scouts. Le silence retomba, chacun étant resté en place. Laurent jugea que la cérémonie n'était donc pas terminée. Il en profitait pour rechercher à nouveau si, parmi les compagnons présents, ne se glissait pas un membre du S.G.D.E. Apparemment, il n'y avait pas d'autres visages connus que ceux qu'il avait déjà répertoriés.

– Compagnons, avec moi !

– Ils se levèrent tous, main sur le cœur, l'autre bras tendu en avant.

– Nous, compagnons de la France Éternelle, reconnaissons comme compagnon et membre de notre docte assemblée le compagnon Laurent Marchand ici présent et nous engageons à lui apporter aide et assistance pour les actions qu'il sera amené à effectuer pour la gloire de la France.

– Repos, compagnons.

Cette fois, la séance était terminée, les compagnons quittaient leur place et venaient saluer leur nouveau membre.

– Laurent !

Valon le tirait à l'écart - le Président souhaite te voir en privé. Il l'accompagna jusqu'à la lourde porte de chêne d'un bureau contigu.

– Entre. Il s'effaça pour le laisser passer.

Dans la pièce, ils étaient trois : le Président, le Colonel Andrieu et le Colonel Marchelidon. Valon resta à l'extérieur et referma la porte.

Chapitre 18

– Carole.
– Mon Général ?
– Appelez-moi Duroc.
– Il est absent, mon Général.
– Comment, il est absent ?
– Oui, j'ai essayé de le joindre il y a dix minutes pour le dossier Roumanie.
– Il est en mission ?
– Non, non, mais il est seize heures et nous sommes jeudi. J'ai déjà remarqué que le Colonel Duroc s'absentait en général plus tôt le jeudi soir.
– Tous les jeudis ?
– Je pense, oui, en général, il quitte aux alentours de seize heures ces jours-là.
– Merci Carole.
– C'est tout, mon Général ?
– Ce sera tout mon petit, merci.

Sitôt la porte capitonnée fermée, le vieux décrocha le téléphone et fit un numéro.

– Martin ? C'est pic-vert. Opération coucou. Du nouveau ?
– Nous décryptons, rien de spécial, une dizaine d'appels. Nous avons relevé les numéros et recherché les adresses correspondantes.
– Lisez-moi la liste des correspondants, s'il vous plaît…

– Hum… hum… Les adresses ?
– … Bon Dieu, j'aurais dû m'en douter ! Merci Martin.

Il raccrocha et composa un nouveau numéro.

Chapitre 19

– Alors, compagnon Marchand, comment avez-vous trouvé cette cérémonie ? Pas trop impressionnante ?
– Un peu, Président.
C'est vrai que c'était une belle soirée, le ban et l'arrière-ban de notre association avaient été convoqués. Pas un membre n'aurait voulu louper votre intronisation. Vous connaissez déjà Valon, le Général Andrieu et le Colonel Marchelidon. Avez-vous reconnu d'autres compagnons ?
– Ma foi non, si ce n'est un député et un artiste de variétés.
– C'est tout ?
– J'en suis désolé, mais je connais peu de monde.
– Auriez-vous souhaité y rencontrer des amis, des relations ?
– Pourquoi pas ? C'est toujours agréable de rencontrer des amis qui partagent vos sentiments.
– Eh bien mon cher, je vous ai gardé une petite surprise, entrez compagnon.
Une petite porte dans l'angle gauche de la pièce s'ouvrit.
– Bonjour Laurent.
– Compagnon Marchand, est-il utile que je vous présente le compagnon Colonel Jean Duroc, Directeur de la section D du S.D.G.E., votre confrère et supérieur en

quelque sorte ?

Le Président avait troqué son air bon enfant pour un sourire caustique. Andrieu et Marchelidon ne souriaient plus. Ce dernier s'était négligemment reculé, dos à la porte.

– Alors Laurent, on a oublié de dire qu'on travaillait au S.G.D.E. ?

– Je n'ai jamais caché être employé de la Dicomex.

– Bien sûr, mais as-tu précisé qu'il s'agissait d'un poste de couverture dépendant du contre-espionnage ?

– Oui, j'ai dit qu'il s'agissait d'une entreprise travaillant pour le gouvernement. D'ailleurs, le Colonel Marchelidon a déjà eu en main plusieurs de mes rapports.

– Inutile de jouer plus longtemps la comédie Laurent. Lorsque j'ai appris, ce matin, ton initiation, car le Président avait bien fait les choses, il avait tenu à convoquer tous les membres en ton honneur, lorsque j'ai donc appris que tu entrais chez nous, j'ai fait mon enquête. Tu es un excellent agent Laurent. J'ai eu du mal à découvrir que tu revenais d'Australie. Mais j'en étais sûr, j'étais sûr que si tu étais ici, c'est que tu étais déjà allé là-bas. C'est toi qui viens de démolir notre réseau, de contrecarrer nos plans ! C'était un secret entre le vieux et toi, n'est-ce pas ? Pas possible d'obtenir le moindre indice côté patron. Billet, réservation, frais, tout cela s'est fait hors du service, n'est-ce pas ? Mais il y avait un point où je pouvais obtenir confirmation. Je l'ai eu cet après-midi. Tu devines comment ? Non ? Bêtement, par les services Interpol, consulat d'Australie, deux imprimés avec photo déposés pour la demande de visa. Tiens, regarde !

Duroc sort un fax portant photocopie de la demande de visa au nom d'André Verger, avec la photo reconnaissable de Laurent.

– Et ne me dis pas que c'était en prévision d'une future mission !

Il sortit un nouveau fax.

– Ce sont les dates d'entrée et de sortie du territoire en provenance de l'ordinateur de la police des frontières australiennes.

– Convaincu Monsieur Marchand ? Lorsque Duroc m'a appelé, vous étiez déjà en route avec Valon, j'ai préféré vous laisser la joie de la cérémonie. J'espère que celle-ci a satisfait votre curiosité ? Il y a une chose que j'aimerais bien quand même éclaircir Monsieur Marchand. En tant que Président, je suis responsable de la sécurité de cette association, comment êtes-vous arrivé jusqu'à nous ?

– Il y a dû y avoir une imprudence côté australien. Je ne vois pas d'autre piste. Sa mission d'infiltration a directement suivi son retour des antipodes. Peut-être Burgat ? J'ai forcément raison, n'est-ce pas Laurent ?

– Je crois que le Colonel Duroc est un professionnel de qualité Monsieur Marchand, pouvez-vous nous confirmer ses déductions ?

– Je n'ai jamais douté des qualités du Colonel Duroc. C'est en effet un homme de grande valeur.

– Monsieur Marchand, vous devez bien comprendre que la sécurité de l'assemblée dont j'ai la charge passe, malheureusement pour vous, par votre élimination physique. Vous m'en voyez désolé, mais nous sommes en guerre, et en guerre, chaque soldat assume ses actes.

– N'est-il pas gênant pour vous d'éliminer un nouveau compagnon qui vient d'être introduit ? N'est-ce pas l'aveu d'une erreur du commandement ?

– Pas du tout, votre procès et votre exécution vont avoir lieu ce soir, devant l'ensemble de nos membres. Cela confortera le lien qui nous unit, nous compagnons, et affermira le cœur des plus attendris. Messieurs, je crois que nous allons pouvoir regagner notre salle capitulaire.

– Président, puis-je m'entretenir en aparté avec le Colonel Duroc ?

– Je n'en vois pas la raison. Si vous avez quelque message à lui dire, dites-le maintenant.

– Très bien. Jean, je ne pense pas que ta mission t'oblige à agir comme tu le fais ce soir. Il n'y a aucune raison professionnellement valable pour que tu me dénonces. Alors pourquoi ? Jouerais-tu double jeu ?

– ... Qu'est-ce que tu essaies d'insinuer ?

– Il essaie de semer le doute sur la sincérité de votre engagement parmi nous Duroc. Ne vous inquiétez pas, ces méthodes tordues n'auront aucun effet sur nos sentiments à votre égard.

– Mais pourquoi avoir remis au service le fichier de l'association et avoir organisé mon infiltration ?

– ... Mais enfin Laurent, c'est absurde ! Que veux-tu prétendre ? Tu sais fort bien que j'ignorai ta mission. Je viens au contraire d'apporter les preuves qui te confondent ! Qu'est-ce que c'est que cette histoire de fichier ?

– Abélard Joël, Annan Pierre, Audoir Jean, Bidermann Paul.

– Nom de Dieu !

– D'où tenez-vous ces informations ?

– Mais je vous l'ai dit, du Colonel Jean Duroc ici présent et je ne comprends pas son double jeu.

– Moi non plus !

– Enfin Président, vous n'allez pas croire Marchand, vous voyez bien qu'il essaie de nous intoxiquer. Je vous ai dit que c'était un super professionnel.

– Président, je crois qu'il faut pousser plus avant l'interrogatoire de Marchand avant d'ouvrir un procès devant notre assemblée.

– Vous avez raison Andrieu. Même si Duroc n'a pas livré le fichier, il est indéniable que quelqu'un l'a fait. Messieurs, aucun de nous ne doit quitter ce groupe avant que la vérité ne soit établie. Marchelidon, appelez Valon.

Marchelidon cogna quatre coups à la porte de chêne qui s'entrouvrit.

– Valon, appelez-moi notre compagnon surveillant.

Le compagnon surveillant entra. Au premier regard, Laurent jugea qu'il devait avoir derrière lui une carrière dans les commandos spéciaux. L'homme était trapu et musclé, tête carrée, cheveux en brosse, yeux légèrement enfoncés dans les orbites.

– Vous m'avez appelé Président ?

– Piat, êtes-vous en mesure de faire parler un homme en une demi-heure ?

– Sans problème Président.

– N'importe quel homme ?

– N'importe quel homme.

– Sans exception ?

– Elles sont de l'ordre de un sur mille Président.

– Très bien. Notre nouveau compagnon a des révélations à nous faire. Je souhaite que vous l'interrogiez, nous tous ici présents devons entendre sa confession. Est-ce possible dans la cave ?

– Tout à fait, Président.

– Parfait, nous y allons en chœur.

Le compagnon surveillant n'avait pas l'air trop surpris d'avoir à passer à la question le nouvel impétrant, ou, s'il l'était, il cachait bien ses sentiments.

— Marchelidon, dites à Valon qu'il passe la consigne : nos compagnons ont une demi-heure pour se désaltérer, que personne ne quitte les lieux. Nous allons avoir un conseil extraordinaire.

Le petit groupe emprunta la porte par laquelle était entré Duroc. Celle-ci donnait sur un petit escalier de pierre extérieur qui gagne la cour arrière de la propriété, puis qui s'enfonce dans le sous-sol. Les hommes descendirent un par un l'escalier de pierre, Président en tête, suivi de Duroc et de Marchelidon. Laurent est encadré par ce dernier, Andrieu et Piat. La rampe de pierre se termine par une vasque de même nature. Une allée de gravillon entourant le château passe au pied de l'escalier. Alors que la petite troupe va s'engager dans l'escalier du sous-sol, le parc jusqu'alors plongé dans le noir s'illumine soudain, à la surprise générale. Seul, debout sur la pelouse, à dix mètres, un homme vêtu de sombre, cheveux blancs, incongru en ce lieu, se détache dans la lumière.

— Président Galland. Je suis le Général Berthoumieux, responsable de la S.D.G.E., en mission spéciale sur ordre du Premier ministre. Le parc est cerné.

De nombreuses silhouettes se détachent dans le parc. Il doit y avoir une compagnie complète de C.R.S. pour le moins. La surprise a cloué tout le monde sur place dans la lumière crue des projecteurs.

— Président Galland, vous êtes un homme responsable, vous ne souhaitez certainement pas une effusion de sang ? J'ai deux mots à dire à Marchand, vous permettez ? Marchand, venez ici !

Le vieux avait une autorité naturelle. Les compagnons étaient toujours engoncés dans leur étonnement. Laurent, tranquillement, se dirigea vers le

Général Berthoumieux, sans que personne ne cherche à le retenir. Arrivé à la hauteur du vieux, il n'eut pas le temps d'ouvrir la bouche. À terre ! cria son patron qui plongea avec lui. Une déflagration assourdissante retentit. Laurent, recouvert de graviers et à moitié sourd, se releva. Il voulut tendre la main à son patron, mais celui-ci se relevait, très digne, époussetant négligemment son costume bleu nuit. Au bruit de l'explosion, les C.R.S. avaient entamé, au pas de charge, l'encerclement rapproché du château.

– Arrêtez-moi tout le monde à l'intérieur, tous au secret ordonna le vieux au Commandant des C.R.S. et appelez-moi l'ambulance. L'immeuble était piégé, une mine de protection a explosé.

Au pied de l'escalier, Duroc, Marchelidon, le Président Galland, mais au fait, comment le vieux connaissait-il son nom ? avaient cessé de vivre. Piat avait l'air mal en point, un bras arraché, visage ensanglanté. Seul, le Colonel Andrieu semblait le moins touché. La vasque de pierre, qui contenait la bombe, avait éclaté avec celle-ci. Certains de ses morceaux faisant office de projectiles avaient défiguré Piat. Le vieux s'approcha du colonel Andrieu.

– Il vous reste de la famille je crois ? Colonel Andrieu, une famille honorablement connue qui est actionnaire dans une société qui marche bien. J'espère qu'elle ne sera pas éclaboussée par un scandale. Les officiers Duroc et Marchelidon viennent malencontreusement d'être les victimes de pièges de protection en venant avec nous participer à l'arrestation de conjurés. La mémoire me fait défaut Andrieu, vous étiez de quel bord ?

– Je… j'accompagnais mes amis Duroc et Marchelidon.

– C'est bien ce qu'il me semblait, il m'aurait surpris que votre honneur soit en cause. De même que celui du commandant Piat

Le vieux entraîna Laurent vers le parc.

– Voyez-vous Laurent, je regretterai Duroc, c'était un excellent officier. Il est toujours dommage que la politique vienne corrompre le sens du devoir chez des hommes tels que lui.

Deux coups de feu retentirent.

– Piat et Andrieu. Encore deux militaires disparus en mission. Nous vivons dans un monde de plus en plus dangereux mon cher Laurent.

– Alors patron, on fait la bombe ?

LEXIQUE DES MOTS TYPIQUEMENT AUSTRALIENS

Akubra : chapeau typiquement australien se portant souvent avec le "Driza bone" long manteau typique.

Anzac : "Australian and New-Zealand Army Corps" Armée composée d'Australiens et de Néozélandais pendant la Première Guerre mondiale.

Anzac Day : jour férié le 25 avril commémorant la bataille de Gallipoli en 1915 des troupes de l'ANZAC contre l'armée ottomane.

Aussie (ou Oz) se prononce ozi : Australien.

Australian day : fête nationale le 26 janvier.

Banjora (nom aborigène) : Koala.

Bastard : littéralement "bâtard", peut être un terme d'affection précédé de "good" mais une insulte précédée de "bloody" (sacré, foutu) "salaud" / Bloody bastards : bande de connards.

Billy : boîte en fer-blanc munie d'une anse en fil de fer pour faire du thé sur un feu de bois.

Bloodwoods : eucalyptus du genre corymbia à sève rouge.

Bullshit : (raconter des) conneries. Littéralement "merde de taureaux".

Bush : savane, brousse.

BYO : bring your own (grog) ; "apporter la vôtre", sous entendu :" boisson alcoolisée". Acronyme affiché sur les restaurants n'ayant pas de licence pour vendre de l'alcool mais ou les clients sont autorisés à apporter leurs boissons alcoolisées.

Clairway : Les artères clairway sont des voies qui, pour permettre la fluidité des flux de voitures aux heures d'affluence, sont totalement interdites au stationnement de 7 heures à 9 heures et de 15 heures à 18 heures.

Colbachs : eucalyptus à écorce lisse et longues feuilles étroites.

Dingo : chien sauvage australien.

Dreamtime : (ou the Dreaming) Le temps du rêve : légendes orales aborigènes.

Flat mate : colocataire.

Footy : Rugby australien à 18 joueurs sur terrain rond.

Froggy, froggies : de "frog", grenouille, surnom des Français en Australie.

Gumtree : eucalyptus, (littéralement) "arbre à gomme" à

cause de sa résine.

Icebox : glacière portable.

Long week-end : week-end combinant deux jours fériés. Éventuellement un jour férié exceptionnellement ajouté à un jour déjà férié, ceci afin de permettre des déplacements en raison des grandes distances.

Lubra : femme aborigène.

Male chauvinist pig : cochon de phallocrate.

Mate : typiquement australien ; équivalent de "mon pote".

Matilda : baluchon.

Middy : verre de bière de 26,5 cl.

New Aussie : Nouvel Australien, immigrant naturalisé, par opposition à "Aussie born" (natif dans le pays) Utilisé péjorativement et de ce fait proscrit dans les documents officiels.

Oldmate : vieux copain.

Outback : Arrière-pays : les vastes étendues quasi inhabitées de l'intérieur.

"Patrons" de pub : "clients" de Pub.

Pom, Pomme, Pommy : surnom des Anglais en Australie,

origine probable d'argot rimant avec pomegranate (grenade) ou Pummy Grant : immigrant, dans cet argot on écourte souvent au premier mot, laissant deviner la fin et la rime. Autre version : POME Prisoner Of Mother England (prisonier de la mère Angleterre) initiales sur treillis des convicts (bagnards).

Prawn trawler : Chalutier pour la pêche a la crevette.

Ranger : garde champêtre, garde forestier, policier municipal.

Schooner : verre de bière de 42,5 cl.

Station : grande ferme d'élevage.

Station wagon : voiture break.

TAB : "Totaliser Agency Board" équivalent de PMU.

Uloo : camp aborigène.

Wet : "the Wet", la saison humide (mousson) d'octobre à avril dans le nord de l'Australie.

Yuwaaliyaay : une des langues aborigènes parlée dans une région du Queensland.